비
포

아
담

잭 런던
걸작선 1

비포 아담

BEFORE ADAM

잭 런던 | 이성은 옮김

궁리
KungRee

차례

비포 아담

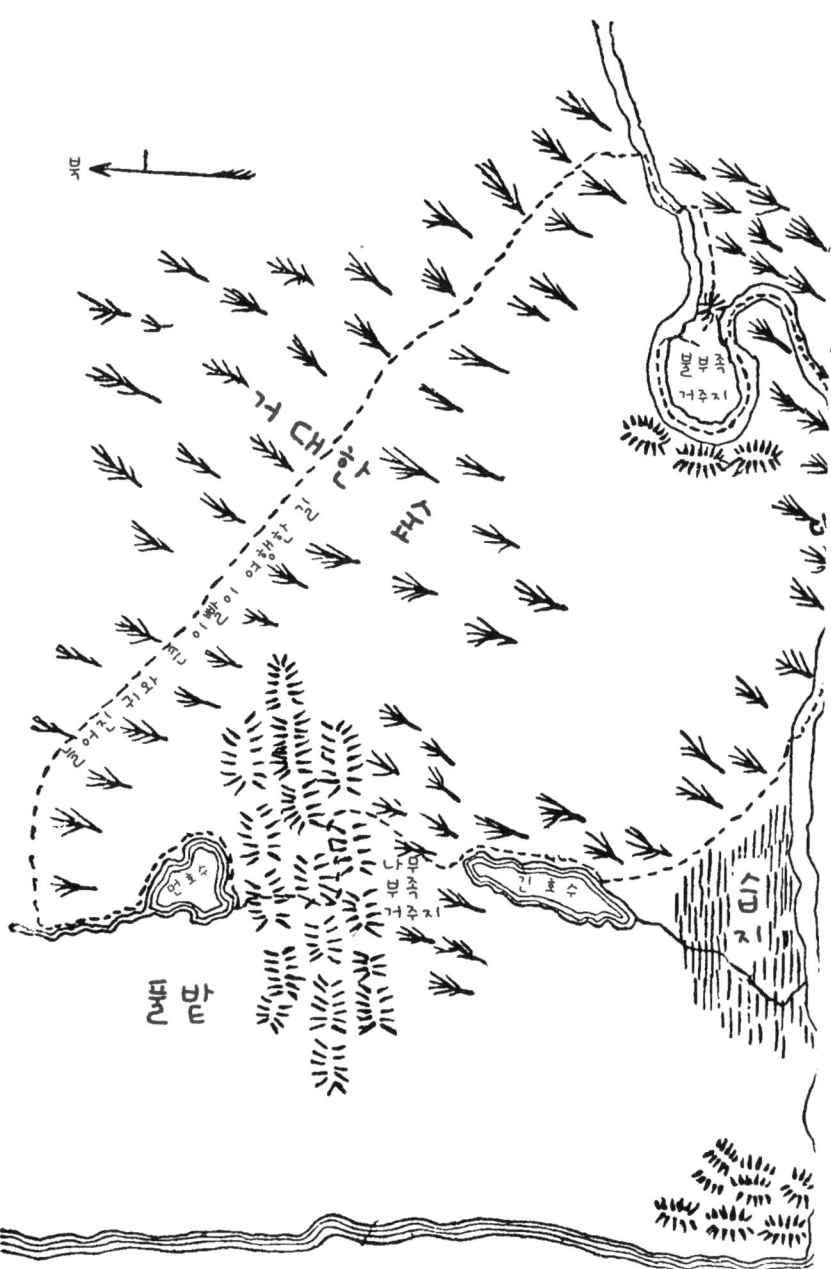

북

거대한 숲

풀밭

불부족
거주지

뱀의 호수 이정물길

나무부족
거주지

기호수

습지

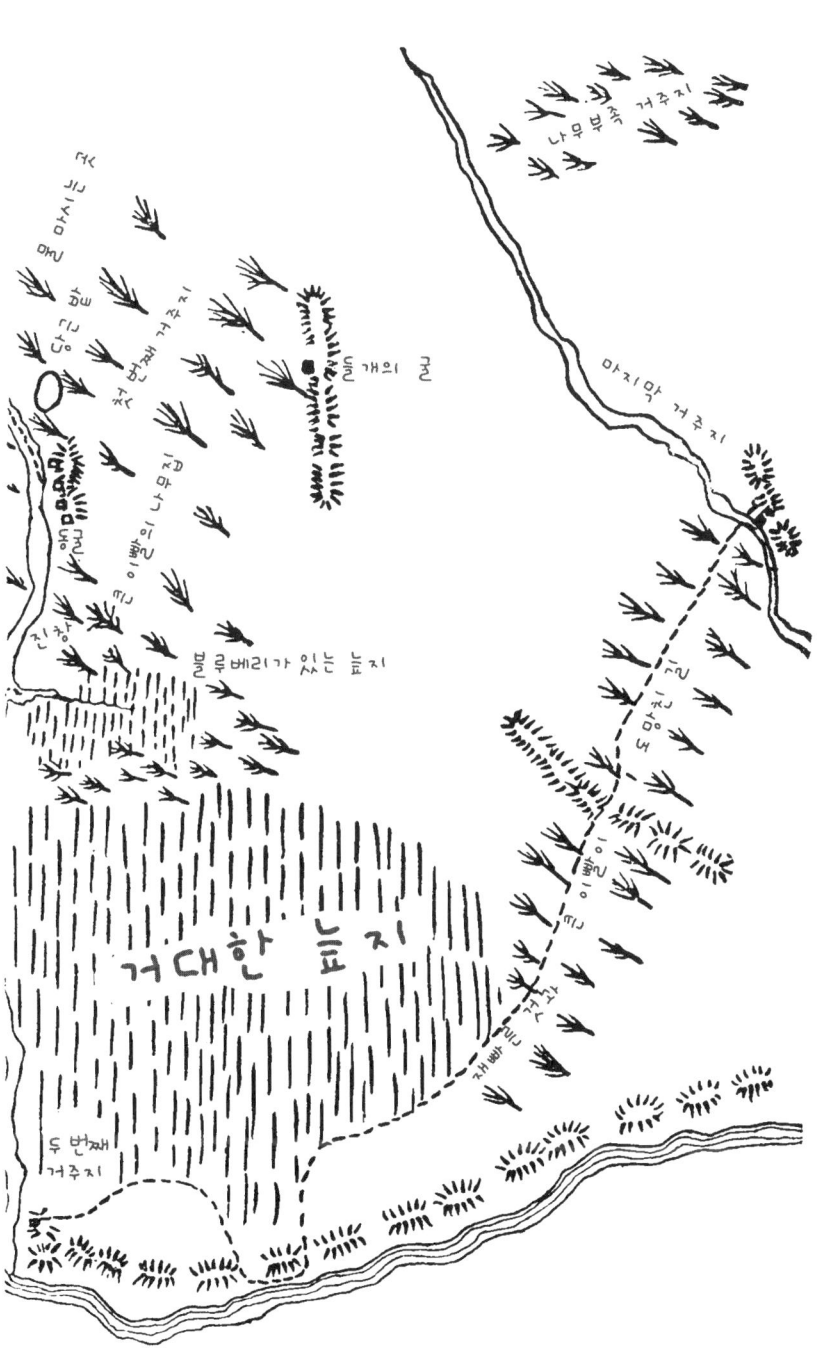

그들은 우리의 조상이고 그들의 역사가 우리의 역사이다.

기억하라. 어느 날 나무에서 내려와 몸을 똑바로 세우고 걸었던 것처럼,

우리는 그보다 더 오래전 어느 날 바다에서 기어 나와

최초로 뭍으로 나왔다는 분명한 사실을…….

1

장면들! 장면들! 바로 그 장면들! 세상을 인지하기 전부터 종종 내 꿈속에서 우글거렸던 수많은 그 장면들이 도대체 어디서 오는지 궁금했다. 그 장면들은 내가 실제 깨어 있는 매일의 삶에서 한 번도 본 적이 없었던 것들이기 때문이다. 그것들은 악몽의 연속이 되더니 나중에는 내가 남들하고 다른 부자연스럽고 저주받은 놈이라 믿게 만들면서 내 어린 시절을 괴롭게 하였다.

나는 낮에만 겨우 행복이라는 것을 느낄 수 있었다. 그러나 나의 밤은 온통 공포가 지배하였다. 오! 그 공포란! 감히 말하건대 이 지구상에서 나와 마찬가지로 걸어 다니는 모든 사람들 중에서 그러한 종류의, 그러한 강도의 공포를 겪어본 이는 아무도 없을 것이다. 내가 겪은 공포는 머나먼 원시의 공포, 즉 태곳적 세상에 만연했던 그런 종류의 두려움이기 때문이다. 요컨대 홍적세 중기라 알려져 있는 그 시기를 지배하던 바로 그 공포였다.

무슨 말을 하는 거냐고? 내 꿈의 내용을 당신들에게 전해주기 전에 설명부터 먼저 해야겠다. 그렇게 하지 않으면 내 꿈에 담긴 의미들 대부분을 이해할 수 없을 것이다. 지금 이 글을 쓰는 동안에도 다른 세상의 존재들과 거기서 일어나는 일들이 광대한 주마등처럼 내 앞에서 솟아나고 있다. 물론 당신들에게는 말도 안 되는 비이성적인 것이겠지만.

'늘어진 귀'의 우정, '재빠른 것'의 따스한 유혹, '붉은 눈'의 정욕과 격세유전의 원시성이 당신들에게는 어떤 의미를 지닐까? 황당할 만큼 앞뒤가 맞지 않는 이야기일 뿐 아무것도 아닐 것이다. 마찬가지로 불부족과 나무부족의 소행이라든지 종잡을 수 없는 그들의 언어로 떠들어대는 회의 역시 사리에 맞지 않는 이야기에 불과할 것이다. 당신들은 절벽 근처의 시원한 동굴이나 하루가 끝날 무렵 물 마시는 곳에서 누리는 명랑한 한때의 평화를 모르기 때문이다. 나무 꼭대기에서 맞는 아침의 바람결이라든지 입속에서 달콤하게 감도는 어린 나무껍질의 맛도 느껴본 적이 없기 때문이다.

감히 말하건대, 당신들은 내 어린 시절을 통해서 이 이야기를 접하는 게 나을 듯싶다. 깨어 있을 때는 나도 다른 소년들과 똑같았다. 내가 달라지는 때 는 잠에 들 때였다. 아주 어 렸을 때까지 회상해보아도 나의 잠은 공포의 시간이었 다. 내 꿈이 행복의 빛깔을 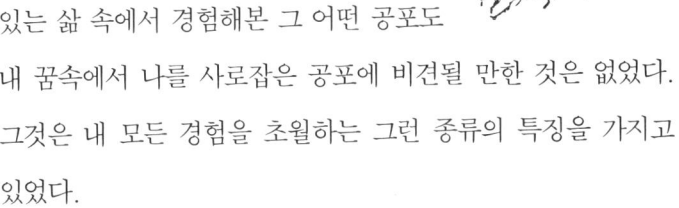 띤 적은 거의 없었다. 내 꿈들은 늘 공포로 가득 차 있었다. 그런데 그 공포 는 너무나 낯설고 이질적인 것이어서 생각할 만한 가치도 없어 보였다. 깨어 있는 삶 속에서 경험해본 그 어떤 공포도 내 꿈속에서 나를 사로잡은 공포에 비견될 만한 것은 없었다. 그것은 내 모든 경험을 초월하는 그런 종류의 특징을 가지고 있었다.

예를 들면 나는 도시에 사는 아이여서 시골은 아직 탐험해보 지 못한 낯선 곳이었다. 그러나 도시의 꿈을 꾼 적은 한 번도 없다. 내 꿈 중 어느 것에서도 집이 등장한 적은 없다. 마찬가 지로 나와 같은 사람이 내 잠의 벽을 뚫고 꿈으로 들어온 적 역 시 한 번도 없다. 공원이나 그림책에서만 나무를 보았던 내가 꿈속에서는 끝없이 이어지는 숲 속을 헤맸다. 더 나아가 내 꿈 에 나온 이 나무들은 결코 단순히 흐릿하게 내 눈에 비치지 않 았다. 그것들은 또렷하고 명료했다. 나는 그동안의 익숙함으로 인해 그것들과 충분히 친밀한 관계를 나눌 수 있었다. 나는 나뭇가지 하나하나 잔가지 하나하나를 알아보았고 서로 다른 잎사귀들을 보며 모두 구별해냈다.

내가 깨어 있을 때 떡갈나무를 처음 보았던 순간을 잘 기억한다. 잎사귀와 가지, 옹이들을 보고 있자니 내 꿈속에서 그것과 똑같은 종의 나무를 수도 없이 보았다는 사실이 괴로울 만큼 생생하게 떠올랐다. 그래서 나중에 가문비나무나 주목, 자작나무, 월계수와 같은 나무들을 처음 보았을 때는 그들을 곧 알아본 것에 대해 놀라지 않았다. 예전에 이미 그 나무들을 모두 보았었고, 그 뒤로도 매일 밤 꿈속에서 보았다.

당신들도 이미 알아챘겠지만, 이것은 꿈의 첫 번째 법칙에 어긋난다. 즉 우리는 우리가 깨어 있을 때 본 것들로만, 혹은 보았던 것들이 섞인 장면만 꿈에서 본다. 그러나 내 모든 꿈들은 이 법칙을 깨고 있다. 내가 깨어 있을 때 습득했던 지식 중 그 어느 것도 내 꿈속에서 본 적이 없다. 내 꿈속의 삶과 깨어 있는 삶은 나라는 존재 이외에는 그 어떤 것도 공통인 것이 없는 전혀 다른 삶이었다. 나는 그 두 개의 삶을 어찌되었든 살아내고 있는 연결고리였던 것이다.

유년 시절에 막 접어들었을 무렵, 견과류는 식료품 장수에게서, 딸기 같은 열매는 과일상인에게서 살 수 있다는 것을 배웠다. 그러나 그 지식을 습득하기에 앞서 한참 전, 나는 꿈속에서 나무에 올라 열매를 따거나 나무 아래 땅에 떨어진 열매들을 모아 먹었고, 똑같은 방식으로 줄기와 수풀에서 딸기를 따

먹었다. 이런 행동은 내 경험 밖의 일이었다.

나는 식탁에 놓인 블루베리를 처음 보았을 때를 결코 잊지 못한다. 이전에 블루베리를 본 적은 한 번도 없었지만, 그것을 보는 순간 블루베리를 배불리 먹으며 질퍽질퍽한 늪지 같은 땅을 방황하던 꿈의 기억들이 내 마음속에 솟구쳐 올랐다. 어머니는 블루베리가 담긴 접시를 내 앞에 놓았다. 나는 한 숟갈을 떠먹었다. 하지만 블루베리를 입에 넣기 전에 이미 어떤 맛이 날지 알고 있었다. 그러나 실망하지는 않았다. 그 맛은 꿈속에서 천 번은 맛보았던 것과 똑같이 짜릿한 신맛이었으니까.

뱀에 대해서 이야기해볼까? 이 세상에 뱀이 존재한다는 이야기를 듣기 한참 전에 나는 이미 꿈속에서 그것들 때문에 고통을 받았다. 뱀들은 숲의 빈터에 숨어 있다가 튀어 올라 내 발치를 덮치고는 마른 풀 사이 또는 드러난 바위를 가로질러 꿈틀거리며 사라져갔다. 때로는 미끈대는 거대한 몸통으로 나무기둥을 칭칭 감고서 나뭇가지가 뻗어 있는 점점 더 높은 곳으로, 내 밑으로 어지러울 만큼 멀리 떨어진 땅이 보이는, 우지직거리며 흔들거리는 가지 끝으로 나를 몰아대며 나무 꼭대기까지 뒤쫓았다. 그놈의 뱀들! 그것들의 갈라진 혀, 구슬 같은 눈과 반짝이는 비늘, 쉿쉿 하는 소리와 치지짓 하는 소리…… . 처음으로 서커스를 보러 갔던 날 뱀을 부리는 사람이 녀석들을 들어올리는 것을 보기도 전에, 나는 이미 녀석들에 대해 너무나 잘 알고 있었다.

그들은 나의 밤을 공포로 채운 나의 옛 친구, 아니 오히려 적이었다.

아, 그 끝없이 이어지는 숲 그리고 공포로 가득 채운 숲의 어둠! 극히 작은 소리에도 깜짝 놀라고, 자신의 그림자에도 겁을 집어먹던 소심한 사냥감이었던 나는 얼마나 무수한 시간 동안 숲 속을 헤매고 다녔던가. 언제나 긴장한 채 경계하며 방심하지 않은 상태로 목숨을 부지하기 위해 미친 듯이 도망갈 준비를 하고 있었다. 나는 숲 속에 살고 있던 온갖 사나운 생명체들의 먹잇감이었기 때문이다. 항상 공포가 주는 황홀감 속에서 나를 사냥하는 그 괴물들을 피해 도망쳐 다녔다.

내가 다섯 살 때 처음으로 서커스에 갔다. 하지만 아픈 채로 집에 돌아왔다. 땅콩이나 분홍빛 레모네이드 때문은 아니었다. 왜 그랬는지 그 이유를 말해주겠다. 서커스의 동물들이 있는 텐트에 들어섰을 때, 쉰 목소리의 울부짖는 소리가 대기에 울려 퍼졌다. 나는 아버지의 손을 뿌리치고 뒤돌아 입구를 향해 거칠게 돌진하다, 사람들과 부딪쳐 넘어졌다. 그러는 내내 나는 두려움에 떨며 소리를 질러댔다. 아버지가 나를 붙잡고 달래주었다. 아버지는 울부짖는 소리에도 아랑곳하지 않는 사람들의 무리를 가리키며 안전하다는 것을 확인시켜주고는 나를 위로해주었다.

아버지의 넘치는 격려로 마침내 나는 사자 우리에 다가갔다. 하지만 그럼에도 불구하고 나는 무서워 벌벌 떨 수밖에 없었다. 아, 나는 본능적으로 그를 알아보았다. 그 짐승! 그 끔찍한 놈! 내 시야에서 꿈속의 기억들이 번쩍이며 떠올랐다. 키가 큰 풀밭을 정오의 태양이 비추고 있고, 야생의 황소는 조용히 풀을 뜯고 있었다. 순간 갑자기 풀이 앞으로 갈라지면서 그 황갈색의 짐승이 돌진해 황소의 등으로 튀어 오른다. 쿵하는 소리와 울부짖는 소리가 들리더니 우두둑우두둑 뼈를 씹어 먹는 소리가 난다. 이번에는 연못의 맑고 잔잔한 수면, 야생의 말이 무릎을 숙인 채 조용히 물을 마신다. 그때 그 황갈색의 짐승—언제나 그 황갈색의 짐승이다!—이 튀어 오르고 말은 비명을 지르며 물속에서 철벅거린다. 그러고는 뼈를 우적우적 씹어 먹는 소리. 그리고 또다시, 이번에는 거무스름한 땅거미가 내리고 하루의 끝을 알리는 슬픈 고요 속에서 갑자기 최후의 심판 때 울리는, 나팔소리와도 같은 목청껏 울부짖는 엄청난 소리. 그 소리가 들리자마자 재빨리 나무들 사이로 미친 듯이 비명소리와 끽끽거리는 소리가 들린다. 나 역시 두려움에 떨며 나무에서 비명을 지르며 끽끽거리는 수많은 이들 중 하나일 뿐이다.

우리의 창살 안에 갇혀 있는 무력한 그의 모습을 보니 분노가 치솟았다. 나는 그 사자를 향해 앞뒤가 맞지 않는 조롱의 비명소리를 내지르고 괴상한 표정을 짓는 동시에 위아래로 날뛰면서 이를 갈았다. 사자는 창살을 향해 돌진해오더니 나에게 무기력한 분노를 내지르며 반응한다. 아, 그도 나를 알고 있다. 내가 낸 소리는 과거의 소리였고 그는 그것을 알고 있었다.

　부모님은 깜짝 놀랐다. "아이가 아파요." 어머니가 말했다. 아버지도 말했다. "녀석이 히스테리를 일으키는군." 나는 결코 이유를 말하지 않았고, 부모님은 진실을 알지 못했다. 나는 이미 나 자신의 이런 특성, 이것을 다음과 같이 부르는 것이 옳다고 생각하는데, 즉 성격의 반-해리(semi-disassociation. 자기 자신, 시간, 주위 환경에 대해 의식 단절을 일으켜 특정한 기억이나 상황으로부터 자신을 분리시키는 해리현상이 부분적으로 나타나는 상태―옮긴이)에 관해 입을 조심하게 된 것이다.

　나는 뱀 부리는 사람을 보았다. 그러나 그날 밤 더 이상 서커스를 구경하지 않았다. 지나치게 초조하고 흥분한 나머지, 꿈속에 존재하는 또 다른 세계가 나의 현실에 개입한 사실에 아파하며 집으로 돌아와버렸다.

　내가 이 사실에 대해 입을 조심한다는 것은 앞서 말했다. 오직 단 한 번만 이 기이함을 다른 사람에게 털어놓은 적이 있다. 그는 나의 친구였던 한 소년이다. 우리는 여덟 살이었다. 그 친구를 위해 내가 한때 살았었다고 믿은 사라져버린 세계의 그림을 꿈으로부터 재구성해냈다. 그 옛날의 공포와 늘어진 귀와 내가 저질렀던 장난들, 종잡을 수 없는 말로 떠들어대던 모임 그리고 불부족과 그들의 거주지에 대해 친구에게 말해주었다. 그는 웃어대며 나를 놀리더니 밤에 걸어 다니는 죽은 자들과 귀신에 대한 이야기를 했다. 그러면서 내 빈약한 상상력을 비웃어댔다. 나는 더 많은 것을 이야기했다. 그러나 그는 더 심하게 웃어댔다. 나는 내가 말한 것들이 진짜 있었다고 진정으로 맹세했다. 그러자 그는 나를 이상하다는 듯이 쳐다보았다. 친구는 내 이야기를 놀랍게 왜곡시켜 다른 친구들에게도 전했다. 모두들 나를 이상한 눈으로 쳐다보기 시작했다.

가슴 쓰라린 경험이었지만 교훈을 얻을 수 있었다. 나는 내가 속한 사람들과는 달랐다. 나는 그들이 이해할 수 없는 어떤 것을 가진 이상한 사람이었다. 그것에 대한 이야기는 오해만 부를 뿐이었다. 귀신과 도깨비 이야기가 유행할 때 나는 잠자코 있었다. 오히려 나 자신을 향해 무섭게 미소 지었다. 내가 겪는 공포의 밤을 생각하니, 삶이 실재하듯이 내 이야기들도 사라져가는 수증기나 미루어 짐작하는 그림자가 아닌 진짜 일어난 일임을 깨달았다.

나는 도깨비나 사악한 괴물은 전혀 무섭지 않았다. 잎이 무성한 가지 사이로 어질어질하게 높은 곳에서 추락하는 일, 끽끽거리며 도망치면서 몸을 날쌔게 피해 휙 튀어 나갔을 때 나를 공격했던 뱀들, 빈터를 가로질러 숲까지 나를 뒤쫓았던 들개들. 이런 것들이야말로 구체적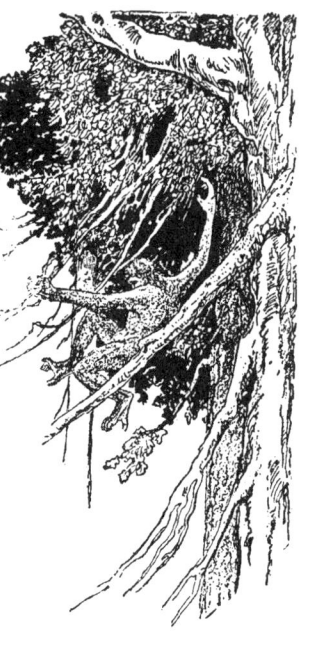
이고 실제적인 공포였다. 상상
의 산물이 아닌 실제로 일어
난 일로서 살아 있는 육체와
땀과 피를 가진 것들이었다.
소년 시절 내내 나와 함께 잤던
이러한 공포들 그리고 내가 이
글을 쓰고 있는 지금까지 나와
여전히 함께 잠자리에 드는 이들에
비하면, 괴물과 도깨비는 잠자리를
같이하기에 좋은 친구들 정도밖에
되지 않는다.

2

꿈속에서 사람을 본 적이 한 번도 없었다고 나는 앞서 말했다. 이 사실을 아주 일찍 깨달은 나는 나와 같은 유의 사람이 없다는 사실을 뼛속 깊이 느꼈다. 아주 어렸을 때조차도, 내 꿈의 공포 한가운데서 오로지 단 한 명의 사람이라도 발견할 수 있다면 구원받을 수 있으리라 생각했다. 더 이상 나를 따라다니는 공포에 둘러싸이지 않을 거라 생각했다. 단 한 명의 사람이라도 만나 구원받을 수 있다면!─나는 수년에 걸쳐 매일 밤 이 생각에 사로잡혔다.

되풀이해 말하건대, 나는 이 생각을 내 꿈 한가운데서 했다. 왜냐하면 이는 내 안의 두 자아가 하나로 녹아든, 분열된 두 자아의 접촉점에 대한 증거가 되기 때문이다. 내 꿈의 자아는 우리가 알다시피 인간이 등장하기 한참 전에 살았었다. 그리고 내 현실의 자아는 인간이 존재한다는 지식을 내 꿈속으로 투영시 켰다. 아마도 심리학자들은 '자아의 해리(disassociation of personality)'라는 용어를 사용한 내 방식에서 잘못된 점을 찾아낼 것이다. 나는 그들이 이 표현을 어떻게 사용하는지 알고 있다. 그러나 더 좋은 표현이 없기에 어쩔 수 없이 내 방식대로 이 표 현을 사용할 수밖에 없다. 일단 영어라는 언어가 불충분하다는 점에 기대어 피해야겠다. 그리고 이 표현을 사용 또는 오용한 까닭으로 넘어가보자.

대학생이 되기 전까지는 내 꿈의 특징이나 원인에 대해 어떠 한 단서도 얻지 못했다. 그전까지 내 꿈들은 의미 없는 것들이 었고 명백한 인과관계도 갖지 않았다. 그러나 대학에서 진화와 심리학을 알게 되었고, 다양하고 특수한 정신적 상태와 경험에 대해 배웠다. 예를 들어 대부분의 사람들이 체험하는 가장 흔 한 꿈, 허공으로 떨어지는 꿈이 있다.

이를 생물학적 기억이라고 교수는 말했다. 이 기억은 나무에 살던 우리의 먼 조상들에게까지 거슬러 올라간다. 나무가 주거 지였던 그들에게 나무에서 떨어질 수 있다는 가능성은 항상 존 재하는 위협이었다. 많은 이들이 그런 식으로 목숨을 잃기도 했고, 대부분이 끔찍한 추락을 경험했지만 땅으로 떨어질 때 가지를 붙잡아 목숨을 건질 수 있었다.

그런데 그런 방식으로 일어난 끔찍한 추락은 충격을 생산한다. 그러한 충격은 대뇌 세포에 변이를 일으킨다. 이러한 분자 변형이 후손의 대뇌 세포까지 전달되어, 간단히 말하자면 생물학적 기억이 되는 것이다. 그래서 잠들어 있거나 꾸벅꾸벅 졸고 있던 당신이나 내가 허공으로 추락하다가 바닥에 막 부닥치기 전 메스꺼운 의식을 느끼게 될 때, 우리는 나무에 살던 우리의 조상들에게 어떤 일이 일어났었는지를, 그리고 뇌의 변이가 어떤 것을 인종의 유전적 형질에 새겨 넣었는지를 기억하게 된다.

본능에 전혀 이상한 것이 없는 것처럼 이 꿈에도 이상한 것은 전혀 없다. 본능은 단지 우리의 유전적 형질에 찍힌 습관에 불과하며, 그것이 전부이다. 말한 김에 당신들과 나, 우리 모두에게 익숙한 이 떨어지는 꿈속에서 우리는 결코 바닥에 부딪히지 않는다는 사실을 기억해야 한다. 바닥에 부딪힌다는 것은 파멸이다. 나무에 살았던 우리의 조상들 중에서 바닥에 부딪힌 이들은 즉사했다. 그 추락의 충격이 대뇌 세포로 전달된 것은 사실이지만 후손을 두기도 전에 그들은 너무나 빨리 죽어버렸다. 당신들과 나는 바닥에 부딪히지 않은 자들의 후손이다. 그래서 우리는 꿈속에서 결코 바닥에 충돌하지 않는다.

이제 자아의 해리로 넘어가보자. 우리가 완전히 깨어 있을 때는 이러한 추락의 느낌을 결코 느끼지 못한다. 깨어 있을 때의 자아는 그것을 경험하지 않는다. 그렇다면—바로 이 부분에서 논쟁이 불가피하다—우리가 잠들었을 때 추락하는 것은,

그리고 그러한 추락의 경험을 가지고 있는 자아는, 간단히 말해 깨어 있을 때 우리의 자아가 깨어 있는 동안의 경험을 기억하고 있듯이 과거 조상들의 경험을 기억하고 있는 분명 또 다른 특정한 자아인 것이다.

내 추리가 이 단계에 이르러서야 나는 비로소 빛을 보기 시작했다. 그 빛은 순식간에 내 꿈속의 경험들 중 불가사의하고 기괴하며 이상했던 모든 현상들 위로 밝게 떠오르며 나를 비추어주었다. 내가 잠들었을 때 나를 제어하는 것은 내가 깨어 있을 때의 자아가 아니었다. 그것은 새롭고 완전히 다른 축적된 경험을 가진, 내 꿈에 이를 정도로 전적으로 다른 경험의 기억을 소유한 또 다른 독특한 자아였다.

이 자아는 누구인가? 이 이상한 경험의 축적을 모으기 위해 어느 시기에 지구상에 살았던 것일까? 이 질문들은 내 꿈들이 답할 수 있는 질문이다. 우리가 홍적세 중기라 부르는 이 세계의 초창기에 살았던 그는 나무에서 떨어졌지만 바닥에 부딪히지는 않았다. 그는 사자들의 울부짖는 소리를 들으며 무서움 속에서 끽끽거렸다. 먹잇감이 되어 짐승들의 추격을 받았고 치명적인 독사들의 공격도 받았다. 자신과 같은 유의 무리들과 함께 회의를 열어 수다스럽게 떠들었고, 불부족 앞에서 도망을 치던 날에는 그들로부터 험한 취급도 받았다.

여기서 당신들이 이렇게 반대의 이유를 내세우는 소리가 들린다. 우리가 잠들었을 때 허공 속으로 떨어지는 막연한 다른 자아가 있다는 것은 알겠지만 왜 당신이 가진 그 생물학적 기억들은 우리에게 없는 것인가?

그렇다면 또 다른 질문으로 답해보겠다. 왜 머리 둘 달린 송아지가 있는 것인가? 이 질문에 대한 나의 대답은 바로 그것이 기형이어서 그렇다이다. 당신들의 질문에 대한 나의 대답도 마찬가지다. 나는 그 다른 자아와 더불어 완벽한 생물학

25

적 기억을 가지고 있는데, 그 까닭은 내가 기형이기 때문이다.

보다 구체적으로 설명해보겠다.

우리가 가진 가장 흔한 생물학적 기억은 허공을 통해 추락하는 꿈이다. 이 꿈에 나오는 자아는 아주 모호하다. 그것이 가진 유일한 기억은 떨어지는 기억이다. 그러나 우리 중 많은 이들이 보다 선명하고 보다 독특한 다른 자아들을 가지고 있다. 많은 사람들이 날아다니는 꿈이나 괴물에게 쫓기는 꿈, 색깔이 있는 꿈, 질식하는 꿈, 파충류와 기생충이 나오는 꿈을 꾼다. 즉 우리 모두에게 있는 또 다른 자아는 퇴화했지만, 어떤 이들에게는 거의 지워져버린 반면에 또 다른 어떤 이들의 자아에는 보다 더 뚜렷이 남아 있다. 우리 중 어떤 이들은 다른 사람들보다 더 강하고 분명한 생물학적 기억을 가지고 있는 것이다.

문제는 이 다른 자아를 소유한 정도가 다양하다는 사실이다. 나 자신의 경우, 이 소유의 정도가 엄청나다. 내 다른 자아는 내 고유의 자아와 거의 동등한 힘을 가지고 있다. 그리고 바로 이 점 때문에, 앞서 말했듯이 나는 기형, 유전적 기형인 것이다.

내 자아처럼 그렇게 강하지는 않지만 이런 다른 자아를 소유하고 있는 몇몇 소수의 사람들이 개인적인 환생 경험을 믿게 된 것이리라 본다. 그런 이들에게 환생에 대한 믿음은 아주 설득력 있는 가설이다. 살아서 결코 본 적이 없는, 시간을 거슬러 올라간 활동이나 사건, 장면들의 영상을 가지게 된다면 이에 대한 가장 간단한 설명은, 바로 이전에 살았던 적이 있다고 해버리는 것이다.

하지만 이런 사람들은 그들 자신의 이중성을 간과하는 실수를 저지른다. 그들은 자신들의 또 다른 자아를 인식하지 못한다. 오로지 하나의 자아만을 가지고 있다고 여기므로 이 자아 역시 자신들이 원래 가지고 있는 자아라고 생각한다. 이런 전제로는 전생의 삶을 살았다는 결론밖에 내릴 수 없다.

그러나 그들은 틀렸다. 그것은 환생이 아니다. 세계의 초창기, 울창한 숲을 돌아다니던 나 자신의 영상을 나는 본다. 그러나 그것은 내가 알고 있는 나 자신이 아니라 마치 내 아버지와 할아버지가 조금은 동떨어진 내 일부인 것처럼 멀리 동떨어진 내 한 부분으로서의 나 자신이다. 나의 이 다른 자아는 하나의 조상이며 내 종족의 가장 처음 조상들의 선조이자, 그 자신은 또한 훨씬 이전에 손가락과 발가락을 발달시켜 나무 위로 올랐던 혈통의 후손이다.

당신들을 지루하게 만들 위험을 무릅쓰고 다음과 같은 이유로 내가 기형이라는 것을 다시 한 번 설명해야겠다. 나는 엄청난 범위의 생물학적 기억을 가지고 있을 뿐만 아니라 지금 세대와 멀리 동떨어진 한 명의 특정한 조상의 기억도 가지고 있다. 이는 대단히 진귀한 것이기는 해도 지나치게 주목할 만한 것은 아니다.

내 추리를 따라와보라. 본능은 생물학적 기억이다. 여기까지는 문제가 없다. 그렇다면 우리의 아버지와 어머니들이 그들의 아버지와 어머니들에게서 받은 것처럼 우리도 그들에게서 이 기억을 물려받게 된다. 그러므로 이러한 기억들이 세대에서 세대로 전해져 내려오는 데는 하나의 매개체가 있어야만 한다. 이 매개체에 바이스만(August Weismann. 19세기 독일의 생물학자—옮긴이)은 '생식질'이라 이름 붙였다. 이는 종의 진화에 대한 모든 기억을 전달한다. 이 기억들은 희미하며 혼란스러워 대다수가 사라진다. 그러나 생식질의 일부 형질들은 엄청난 양의 기억을 전달하는데, 과학적으로 말하자면 다른 형질들보다 조상의 특징을 더 많이 가진 격세유전적 경향이 있기 때문이다. 그런데 내 경우가 바로 그러하다. 나란 존재는 유전적 기형이며 격세유전의 악몽이다. 부르고 싶은 대로 불러라. 그러나 여기 나는 하루 세 끼의 따뜻한 밥을 먹으며 실제로 살아 있다. 이 사실에 대해서 당신들은 무어라 할 것인가?

이제 내 이야기를 시작하기 전에, 나의 꿈을 비웃기 쉬운 이들, 진화에 관한 내 지식이 무의식적으로 꿈에 투사된 탓에 그리고 지나친 공부 때문에 내 꿈이 일관성을 가진 것이라고 설명할 의심에 가득 찬 심리학의 도마들에게 미리 선수를 치고 싶다. 첫째로, 나는 전혀 열심히 공부하는 학생이 아니었다. 나는 내 학급에서 꼴찌로 졸업했다. 운동에 더 관심을 두었는데—이것을 고백 못할 이유도 없다—당구에 더 신경을 썼다.

더 나아가, 나는 대학생이 되어서야 진화에 관한 지식을 배웠지만, 어린 시절과 청소년 시절에 꾼 꿈을 통해 오래전의 그

다른 삶에 관한 모든 것을 상세히 알고 있었다. 그러나 이 상세한 것들은 진화를 배우기 전까지는 한데 뒤엉켜 논리가 서지 않았다. 진화가 바로 열쇠였다. 그것이 모든 것을 설명해주었다. 그리고 그것 때문에, 오늘날의 평범한 삶을 사는 내가 가진 격세유전의 뇌가 지금과는 너무나 동떨어진 인류가 갓 시작된 과거에 귀를 기울여 만들어낸 짓궂은 이야기에 온전한 정신을 불어넣을 수 있었다.

내가 알고 있는 이 과거에는 우리가 오늘날 알고 있는 인간은 존재하지 않았다. 바로 그가 인간이 되어가고 있던 그 시기에 나는 살았었고 나라는 존재가 있었음이 분명하다.

3

어렸을 적 내가 가장 자주 꾼 꿈은 다음과 같다. 아주 조그마한 것 같은 나는, 잔가지와 나뭇가지로 만든 일종의 둥지 속에서 몸을 웅크린 채 누워 있다. 때때로 등을 대고 누운 자세로 나뭇잎 사이로 일렁이는 햇살과 바람결에 나부끼는 잎사귀들을 보면서 몇 시간을 보내기도 한다. 때로는 바람이 강하게 불어 둥지가 앞뒤로 움직이기도 한다.

그런데 그렇게 둥지에 누워 있는 동안에도 그 아래에 펼쳐진 엄청난 공간에 언제나 지배되었다. 결코 그 공간을 내려다보지 않았다. 그곳을 쳐다보기 위해 둥지 가장자리 너머로 고개를 내밀지도 않았다. 하지만 바로 내 밑에서 숨어 기다리며 모든 것을 삼키는 괴물의 입처럼 나를 위협하는 그 공간을 인식하고

있었다. 나는 그것을 두
려워했다.

직접 행동하기보다
는 어떠한 움직임도 없
이 가만히 있는 상태라
할 수 있었던 이 꿈을
나는 아주 어렸을 적에 자주
꾸곤 했다. 그러나 이러한 상황의 한가운
데로 갑작스럽게 기이한 형체가 나타나고
사납게 달려드는 사건들이 일어난다.
천둥이 내리치는 무서운 폭풍 등이 일
어나며 내가 깨어 있을 때는 결코 본 적도
없던 낯선 풍경들이 꿈속으로 돌진해 들어온다.
그리하여 나의 꿈은 혼란과 악몽이 된다. 어느 것도 이해할 수
가 없었다. 논리적으로 연결되는 내용은 전혀 없다.

나의 꿈들은 늘 연결되지 않는다. 어떤 때는 이 세계의 초창
기 나무 둥지에 누워 있는 어리고 가냘픈 아기였다가 다음 순
간에는 무시무시한 붉은 눈과 맞닥뜨려 싸우고 있는 성인의 모
습으로, 그다음에는 한낮의 열기 속에서 물을 마실 곳으로 조
심히 기어 내려간다. 몇 분 혹은 몇 초 사이에 수년씩 건너뛰는
사건들이 꿈속에서 일어나는 것이다.

모든 것이 뒤범벅이기에, 이런 점들을 당신들이 이해하리라

보지 않는다. 나로서도 수천 번의 꿈을 꾸고 청년이 되어서야 모든 것이 정리되면서 분명하고 알기 쉬웠다. 그제야 나는 시간의 실마리를 잡아내어 꿈속에서 일어난 사건들과 행동들을 올바른 순서대로 모을 수 있었다. 그리하여 나는 내가 한때 살았던 시간 아니면 나의 다른 자아가 살았던 그 시간 속으로 사라져버린 이 세계의 초창기를 재구성할 수 있었다. 나와 내 다른 자아 사이의 구별은 중요하지 않다. 현대인인 나 역시 내 다른 자아와 동행하여 시간을 거슬러 올라가 세계가 시작되는 그 순간을 살았기 때문이다.

사회학적 서술 같은 지루한 글이 되지 않도록 당신들을 위해 내 꿈속에서 펼쳐진 다양한 사건들을 하나의 연결된 이야기로 만들어보겠다. 분명 이 모든 꿈을 관통해 흐르는 일련의 연속성이 있기에 가능한 일이다. 가령 늘어진 귀와의 우정이 그렇다. 또한 붉은 눈의 적의라든지 재빠른 것과의 사랑이 있다. 이 모든 것을 모아보면 조리 있고 상당히 흥미로운 하나의 이야기가 될 것이고 당신들도 동의할 것이다.

나는 내 어머니에 대한 기억이 거의 없다. 아마도 아주 어렸을 때의 기억 중 가장 분명한 것은 다음과 같다. 나는 바닥에 누워 있는 것 같았다. 둥지에서 지내던 시절보다 다소 자라긴 했지만 여전히 무력했다. 마른 나뭇잎을 가지고 놀며 그 속에서 구르면서 목으로 귀에 거슬리는 소리를 내 나지막하게 홍얼거린다. 태양은 따스하게 비쳤고 편안하고 행복했다. 나는 조그만 빈터에 있었다. 주위 사방으로는 수풀과 양치류의 식물들이 우거져 있었고 머리 위로는 나무들의 몸통과 가지들이 뻗어 있었다.

나는 문득 어떤 소리를 들었다. 몸을 바로 세워 앉아서 귀를 기울었다. 일체의 미동도 하지 않았다. 소리 내는 것도 멈추고 마치 돌처럼 굳은 채 앉아 있었다. 소리가 가까워졌다. 마치 돼지가 꿀꿀거리는 소리 같았다. 수풀 사이에서 몸을 움직이는 소리가 들렸다. 뒤이어 그 몸이 지나가는 길을 따라 풀들이 흔들리는 모습을 보았다. 일순간 풀들이 갈라지면서 번쩍이는 두 눈에 긴 주둥이와 흰 엄니가 보였다.

그것은 야생 멧돼지였다. 놈은 호기심을 가지고 나를 뚫어지게 쳐다보았다. 한두 번 툴툴거리더니 머리를 이리저리 움직이며 풀을 흔들면서 몸의 무게를 한쪽 앞발에서 다른 쪽 앞발로 바꿔가며 움직였다. 나는 여전히 돌처럼 굳은 채 앉아 있었다. 그놈을 응시하는 내 두 눈은 전혀 깜박이지 않았고 심장은 공포에 먹히고 있었다.

이렇게 움직이지 않고 조용히 있는 것이 내가 해야 할 일로 느꼈다. 두려움에 질린 얼굴로 울어댈 수는 없었다. 본능이 그렇게 지시하고 있었다. 나는 단지 그곳에 앉아 나도 모르는 무언가를 기다렸다. 멧돼지는 풀을 밀치고 앞으로 나와 내가 있는 곳으로 발을 내딛었다. 호기심이 사라진 그의 눈이 잔인하게 빛났다. 나를 향해 위협적으로 고개를 흔들더니 한 발자국 더 앞으로 나왔다. 그리고 또 한 발자국, 다시 한 번 더.

나는 비명을 질렀다. 아니 날카로운 소리로 울어댔다. 무어라 설명할 수 없지만 날카로운 음색의 끔찍한 울음이었다. 이것 역시 내가 해야 하는 다음 단계의 일처럼 보였다. 멀지 않은 곳에서 나의 울음에 답하는 소리가 들렸다. 내 소리가 잠시 멧돼지를 당황하게 만든 듯했다. 녀석이 멈칫한 채 어쩔 줄 몰라 하다 다시금 몸의 무게를 옮기고 있을 때, 무리 한가운데로 무엇인가 뛰어들었다.

나의 어머니였던 그녀는 거대한 오랑우탄 또는 침팬지 같았지만 더 정확히 보면 꽤 다른 모습이었다. 그녀는 오랑우탄이나 침팬지보다 몸집이 컸고, 털이 많지 않았다. 그녀의 팔은 그다지 길지 않았고 다리는 훨씬 튼튼했다. 몸에 난 털 외에는 어떤 옷도 입고 있지 않았다. 그녀는 흥분한 채 아주 무섭게 화를 내고 있었다.

이빨을 갈며 무시무시하게 얼굴을 일그러뜨렸고 "카―아! 카―아!" 하고 날카롭게 울부짖는 소리를 계속해서 내뱉었다. 이렇게 분노한 모습으로 그녀는 그 놈과 나를 향해 뛰어들었다. 그녀가 너무나 갑자기, 무시무시한 모습으로 나타나자 멧돼지는 방어 자세를 취하며 무의식적으로 몸을 움츠렸다. 그리고 자신을 향해 그녀가 몸을 틀자 털을 곤두세웠다. 그녀는 곧 나를 향해 몸을 움직였다. 어머니는 멧돼지를 숨이 멈출 만큼 놀라게 만든 것이다. 그녀가 의도한 그 순간에 나는 무엇을 해야 할지 알아차렸다. 나는 어머니를 향해 뛰어 올라 그녀의 팔을 내 손과 발로 쥐었다. 그렇다. 내 발로도 말이다. 나는 손으로 쥘 수 있는 만큼 발로도 쉽게 잡을 수 있었다. 어머니에게 꽉 매달려 있으니 그녀의 피부와 근육이 힘을 내 움직이고 그녀의 털이 당겨지는 힘을 느낄 수 있었다.

말했듯이 내가 어머니를 향해 뛰어 오르자마자, 그녀는 공중을 향해 곧바로 뛰어올라 손으로 머리 위 가지를 붙잡았다. 다음 순간 멧돼지는 엄니를 덜컥거리며 우리의 밑을 빠르게 지나갔다. 충격으로부터 정신을 차린 그놈은 트럼펫소리처럼 꽥꽥거리며 앞으로 뛰어올랐다. 어쨌든 그것은 동료들을 부르는 소리였다. 그 소리와 함께 이내 풀과 덤불을 가로지르며 사방에서 덩치들이 돌진해왔다.

스무 마리쯤 되는 야생 멧돼지들이 빈터로 뛰어 들어왔다. 어머니는 땅에서 3.6미터 정도 떨어진 굵고 큰 나뭇가지 위로 올라가 그것을 꽉 쥔 채 안전하게 자리를 잡고 있었다. 그녀는 아주 흥분해 있었다. 그녀는 깩깩거리며 비명을 질렀고 아래에 원을 지어 모여 털을 곤두세운 채 이빨을 갈고 있는 녀석들을 향해 욕지거리를 퍼부었다. 나 역시 아래에 모여 있는 화난 짐승들을 내려다보며 몸을 부르르 떨면서 어머니의 울부짖는 소

리를 최대한 따라 내었다.

　멀리서 더 깊은 소리로 포효하는 저음의 울부짖는 소리가 들렸다. 소리는 순식간에 커졌고 곧 나는 내 아버지가 다가오는 것을 보았다. 적어도 당시의 모든 정황으로 봤을 때 그가 내 아버지였다고 결론지을 수밖에 없다.

　그는 아버지치고는 그다지 호감을 주는 인상은 아니었다. 반은 사람이고 반은 유인원인 이도 저도 아닌 모습이었다. 그의 모습을 묘사하기는 힘들다. 오늘날 지구를 통틀어 그를 닮은 것은 아무것도 없다. 아버지는 한창 때의 건장한 모습이라 59킬로그램은 족히 나갔을 것이다. 그의 얼굴은 넓고 평평했으며 눈썹이 눈 위에 걸쳐 있었다. 움푹 들어간 작은 눈은 가깝게 붙어 있었다. 그에게 사실상 코는 없었다. 그것은 콧대도 전혀 없이 쪼그라져 넓게 내려앉은 모양이었는데, 콧구멍이 아래가 아닌 위로 벌려져 있어 얼굴에 난 두 개의 구멍처럼 보였다.

　이마는 눈 위에서 안쪽으로 들어가며 경사졌고, 머리칼은 눈 바로 위에서 시작되어 머리 너머로 뻗어 있었다. 머리는 터무니없이 작았고 마찬가지로 터무니없이 두껍고 짧은 목이 지탱하고 있었다.

　그의 신체는 우리처럼 균형 잡힌 모습이었다. 가슴은 두터워서 그 골은 움푹할 만큼 깊었다. 그러나 풍성하게 부풀어 오른 근육이라든지 넓게 뻗은 어깨, 말끔히 뻗은 사지처럼 외형상의 적당한 균형을 모두 갖추지는 못했다. 그의 몸, 즉 내 아

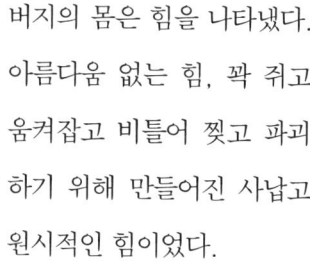

버지의 몸은 힘을 나타냈다. 아름다움 없는 힘, 꽉 쥐고 움켜잡고 비틀어 찢고 파괴하기 위해 만들어진 사납고 원시적인 힘이었다.

그의 엉덩이는 작았다. 가늘고 털이 많은 다리는 구부정했지만 단단한 근육을 가지고 있었다. 사실 아버지의 다리는 팔과 같았다. 그 다리는 굵은 뼈마디가 비틀어진 모양이었는데 당신들이나 내 다리의 살집 있는 우아한 종아리와는 전혀 닮지 않았다.

내 기억으로 그는 발의 평평한 부분으로 걸을 수 없었다. 그의 발은 발이라기보다는 손과 같아서 물건을 잡기에 적합한 모양이었기 때문이다. 다른 발가락들과 일직선에 있기보다는 엄지손가락처럼 그것들을 마주보고 있는 엄지발가락 덕에 그는 발로 물건을 잡을 수 있었다. 그래서 발의 평평한 부분으로 걸을 수는 없었다.

성난 야생 멧돼지 무리 위 나무에 앉아 있던 어머니와 나를 향해 다가오던 그의 모습은 외모만큼이나 유별났다. 이 가지에서 저 가지로 이 나무에서 저 나무로 건너뛰며 나무 사이를 뚫고 재빠르게 그는 다가왔다. 꿈에서 깨어나 글을 쓰고 있는 이

순간에도 그 모습이 떠오른다. 털북숭이인 그가 네 개의 손으로 나무 사이를 활기차게 오가며 질렀던 분노로 가득 찬 괴성, 꽉 쥔 주먹으로 가슴을 치기 위해 이따금씩 멈추던 모습, 3~5미터 떨어진 거리를 단숨에 뛰어넘어 한 손으로 가지를 잡고서는 다시 또 앞으로 나아오기 위해 맞은편의 가지를 향해 손을 뻗던 모습, 결코 주저하거나 당황하는 모습 없이 나무 사이를 뚫고 나오던 그 모습.

그의 모습을 보고 있던 나 자신의 근육 속에서 이 가지에서 저 가지로 뛰어다니고 싶은 욕망이 전율하며 솟구치는 것을 느꼈다. 그렇게 내 안에, 내 근육 안에 잠재되어 있는 그 힘을 확신할 수 있었다. 안 될 것이 무언가? 어린 소년들은 아버지가 도끼를 휘둘러 나무를 쓰러뜨리는 모습을 보고 언젠가는 그들 역시 아버지처럼 도끼를 휘둘러 나무를 쓰러뜨릴 수 있으리라 여긴다. 나 역시 그랬다. 내 삶은 아버지가 한 것을 나역시 하도록 계획되어 있다. 그 힘은 비밀스럽게 내 야망을 불러일으켰고 높은 나무 사이의 길과 숲 속에서 빠르게 움직이는 것에 대해 속삭였다.

마침내 아버지가 우리에게 왔다. 그는 엄청나게 분노한 상태였다. 그의 튀어나온 아랫입술이 야생 멧돼지를 노려보면서 더 앞으로 불룩 나온 것을 기억한다. 그는 개처럼 으르렁거렸다. 송곳니는 동물의 엄니처럼 커서 너무나도 무시무시한 느낌이었다.

그의 행동이 멧돼지들을 더욱 화나게 만들었다. 아버지는 잔가지와 작은 나뭇가지를 꺾어 적들을 향해 내던졌다. 심지어 닿을 듯 말 듯한 거리를 두고 한 손으로 나무에 매달린 채 어쩔 수 없이 화만 내며 엄니를 갈고 있는 멧돼지들을 조롱하고 비웃었다. 이에도 만족하지 못했는지, 그는 튼튼한 나뭇가지 하나를 꺾어 들고 한 손과 발로 몸을 지탱한 채 엄청나게 화가 나 있는 멧돼지들의 옆구리를 쑤셨고 그들의 코를 내리쳤다. 말할 필요도 없이 어머니와 나는 이런 장난질을 재미있어 했다.

하지만 아무리 재미난 것도 싫증 나는 법, 결국 아버지는 잠시 심술궂게 킬킬거리더니 나무 사이로 앞장서며 길을 내었다. 그러자 내 야망은 썰물처럼 빠져나갔고 나는 이내 겁을 집어먹은 채, 나무를 타고 기어올라 빈 허공을 가로질러 나아가는 어머니를 꽉 붙잡았다. 어머니와 나의 무게에 나뭇가지가 부러지던 때를 기억한다. 어머니는 넓게 건너뛰었는데 가지가 툭 하고 부러지는 소리가 났다. 그 순간 나는 어머니와 내가 아래로 떨어진다는 생각에 속이 울렁이며 겁에 질리게 되었다. 숲과 흔들거리는 잎사귀에 일렁이던 햇살이 내 눈앞에서 사라져갔다. 아버지가 가던 길을 멈추더니 우리를 힐끔 보았다. 그러고는 모든 것이 깜깜해졌다.

다음 순간 나는 땀에 젖어 몸을 벌벌 떨고 구역질을 하며 눈을 떴다. 창문은 열려 있었고 시원한 공기가 방 안으로 들어왔다. 밤에 켜두는 조그만 등이 조용히 빛나고 있었다. 나는 이 사실 때문에 그 야생 멧돼지들이 우리를 잡지 못했고, 어머니와 내가 바닥에 부딪히지 않았다고 믿는다. 그렇지 않았다면 천 세기가 지난 지금 그 사건을 기억하며 이곳에 있다는 것이 가능하기나 한 일인가.

이제, 잠깐만 내 입장이 되어보라. 내 유약한 어린 시절에 잠시라도 나와 함께하고, 하룻밤 잠에 들어 이런 불가사의한 공포를 꿈꾸는 당신의 모습을 상상해보라. 내가 아무 경험이 없는 어린아이였음을 기억하라. 내 평생에 야생 멧돼지를 본 적은 한 번도 없다. 그렇게 치자면 가축으로 키우는 돼지 역시 본 적이 없다. 내가 제일 가깝게 다가간 돼지라고는 기름 속에서 지글거리던 아침식사용 베이컨뿐이다. 그런데 꿈에서는 삶처럼 생생한 모습의 야생 멧돼지들이 돌진해왔고, 나는 내 멋진 부모와 더불어 높이 솟은 나무 위 허공을 날아다녀야 했다.

악몽에 시달리던 밤 때문에 내가 공포에 떨며 억눌렸다는 점이 이상한가? 나는 저주받았었다. 그리고 무엇보다 더 심각했던 것은 두려운 나머지 아무에게도 내 꿈을 말할 수 없었다는 사실이다. 무엇에 죄책감을 느끼는지도 알지 못한 채 그런 마음을 가졌다는 사실 말고는, 왜 내가 내 꿈에 대해 말할 수 없었는지 모르겠다. 결국 어른이 되어 내 꿈의 이유와 까닭을 알기 전까지 나는 오랜 세월 침묵 속에서 고통 받을 수밖에 없었다.

4

내가 가진 선사시대의 기억에 대해 나로서도 한 가지 이해되지 않는 점이 있다. 바로 시간이 애매모호하다는 점이다. 나는 꿈 속에서 일어나는 사건들의 순서를 늘 인지하지는 못했다. 즉 몇몇 사건들 사이에는, 1년에서 2년 아니 4년에서 5년의 시간 까지 한번에 흐른다. 시간의 흐름을 대략이나마 인식할 수 있 는 것은 내 동료들의 외모와 그들이 추구하는 대상의 변화를 통해서일 뿐이다.

또는 시시각각 발생하는 사건들과 그 인과관계로 유추해 따 져볼 수도 있다. 예를 들어 내가 소년 시절 친구라 부를 만했던 늘어진 귀와 알기 전에 어머니와 나는 야생 멧돼지에 쫓겨 나 무 위로 도망치다 떨어졌다. 이 사실은 의심의 여지없이 분명하다. 따라서 그 두 기간 사이에 내가 어머니와 헤어졌다는 것을 알 수 있다.

앞서 한 이야기 외에는 아버지에 대한 기억이 없다. 이후로 그는 결코 다시 나타나지 않았다. 그 시대에 대한 내 지식으로 미루어볼 때, 이를 유일하게 설명할 수 있는 방법은 아마도 아버지가 야생 멧돼지와의 대결이 있고 나서 얼마 뒤 죽었으리라는 것이다. 그것이 뜻밖의 죽음이라는 데는 논의할 여지가 없다. 그는 한창 왕성한 나이였다. 갑작스럽게 찾아온 횡사만이 그의 생명을 앗아갔을 것이다. 하지만 그가 어떻게 최후를 맞이했는지는 알 도리가 없다. 강에 빠져 죽었는지, 독사가 삼켜버렸는지, 아니면 늙은 호랑이 '칼송곳니'의 밥통 속으로 들어갔는지는 내가 알 수 있는 영역 밖의 일이다.

그 시대에 관해서는 내 두 눈으로 직접 본 것만을 기억할 뿐이다. 만약 어머니가 아버지의 죽음을 알았다 해도 그녀는 결코 내게 말해주지 못했을 것이다. 그러한 사실을 전달할 수 있을 만큼 어머니는 적절한 어휘를 가지고 있지 못했으리라. 아마도 당시의 사람들을 통틀어 어휘라고 할 만한 것은 서른에서 마흔 개 정도의 소리만 있었을 것이다.

내가 이를 소리라고 말하는 이유는 그것들이 말 그대로 소리였기 때문이다. 그 소리들은 형용사나 부사로 활용되는 고정된 의미를 가지지 않았다. 사실 언어의 도구인 형용사와 부사는 아직 발명도 되지 않았었다. 이를 사용해 명사나 동사를 수식하는 대신, 억양과 음량, 음조를 통해 소리를 천천히 내거나 빠르게 내는 방식으로 의미를 부여했다. 특정한 소리를 내는 데 걸리는 시간에 따라 소리의 뜻이 달라졌다.

동사변화란 것도 없었다. 전후관계를 통해 시제를 판단할 수 있을 뿐이었다. 우리는 오로지 구체적인 사물만을 이야기했는데, 그런 것들만 인식할 수 있었기 때문이다. 또한 몸짓과 손짓에 많이 의지하여 대화를 했다. 사실 아주 단순한 추상적 개념도 우리의 사고 너머에 있었다. 어쩌다 우연히 그런 추상적인 것을 생각하게 된다 해도 동료들에게 전달하는 데 애를 먹었다. 추상적인 것을 표현할 소리가 없었기 때문이다. 그래서 가지고 있는 어휘의 한계 너머까지 애써 생각해보고, 그러다 그것에 맞는 소리를 발명해내도 이번에는 동료들이 이해를 하지 못했다. 그러면 손짓 몸짓을 하는 것으로 돌아가 가능한 한 그 생각을 묘사하는 데 애쓰는 동시에 자신이 발명한 새로운 소리를 몇 번이고 반복해서 내었다.

이런 방식으로 언어가 발달했다. 우리가 가지고 있는 약간의 소리로는 그 소리 너머의 것을 조금밖에 표현하지 못했다. 그러면 그 새로운 생각을 표현하고자 새로운 소리를 필요로 했다. 그러나 때때로 우리가 가진 소리에 비해 지나치게 멀리 나간 생각을 한 경우에는 그런 추상적인 개념을 표현하는 데 애를 먹어 (어렴풋한 어떤 것이라 가정해본다면) 결국에는 다른 동료들에게 그것을 전달하는 데 완전히 실패하고 말았다. 이런 이유로 결국 당시에는 언어가 그다지 빨리 발달할 수 없었다.

제발, 내 말을 믿어주길 바란다. 우리는 놀라울 정도로 단순했던 것이다. 그러나 우리는 오늘날에는 알려져 있지 않은 많은 표현들을 할 수 있었다. 마음대로 귀를 씰룩거리고 쫑긋하게 세우기도 하고 아래로 평평하게 숙일 수도 있었다. 또한 마음껏 어깨 사이를 손으로 긁을 수 있었다. 발로도 돌을 던졌는데 나 역시 여러 번 그렇게 해보았다. 그런 특이한 행동 중에는, 무릎을 똑바로 편 채 앞으로 몸을 숙여 손가락 끝이 아닌 팔꿈치 끝이 땅에 닿게 할 수도 있었다. 그리고 새 둥지 뒤지기에 관해서도—오늘날의 소년들이 우리가 어떻게 새 둥지를 뒤졌는지 보았다면 얼마나 좋을까. 하지만 우리는 새알을 수집하지는 않았다. 오로지 먹었다.

더 많은 것을 기억하고 있지만 더 이상 주제에서 벗어나고 싶지는 않다. 우선 내 친구 늘어진 귀와 그와의 우정을 이야기하고 싶다. 나는 아주 어렸을 때 어머니와 헤어졌다. 아마도 내 아버지가 죽은 뒤 그녀에게 두 번째 남편이 생겼기 때문일 것이다. 그에 대해 생각나는 것도 별로 없는데 그다지 좋은 기억도 아니다. 그는 아주 가벼운 사람이었다. 그에게서 견고함이라고는 찾을 수가 없었다. 그리고 지나치게 입담이 좋았다. 지금도 지긋지긋한 그의 지껄이는 소리를 생각하면 괴롭다. 그의 마음은 목적이라는 것을 가지기에는 너무나 하찮았다. 우리에 갇혀 있는 원숭이들을 보면 언제나 그가 생각난다. 그는 원숭이 같았다. 나로서는 이것이 그를 가장 잘 묘사할 수 있는 말이다.

처음부터 그는 나를 미워했다. 그리고 나는 금방 그와 그의 심술궂은 장난을 두려워하게 되었다. 그가 보이기만 하면 나는 어머니에게 가까이 기어가 그녀를 꼭 붙잡았다. 하지만 그러는 동안 나는 계속 자라고 있었기에 때때로 어머니에게서 떨어져 있는 것이 당연하게 되었고 점점 더 멀리 떨어져 있게 되었다. 이런 상황을 내 의붓아버지 '수다쟁이'는 호시탐탐 노렸다. (그 시절에 우리에게는 이름이 없었다고 설명하는 것이 좋겠다. 우리는 서로를 이름으로 알고 지내지는 않았다. 편리상 나와 가까이 지냈던 동료들에게 나 스스로 이름을 붙인 것이다. 그리고 수다쟁이는 내 소중한 의붓아버지를 위해 내가 붙일 수 있는 이름 중 가장 잘 어울리는 것이다. 나 자신을 나는 '큰 이빨'이라 이름 지었다. 나는 아주 큰 송곳니를 가지고 있었기 때문이다.)

일단 수다쟁이 이야기로 돌아가자. 그는 끊임없이 나를 두려움에 몰아넣었다. 언제나 나를 꼬집고 손바닥으로 때리고 때로는 물기도 했지만 그 이상은 하지 못했다. 종종 어머니가 참견하여 큰 싸움을 벌이는 것을 보는 일도 내게는 즐거움이었다. 그러나 결국 이로 말미암아 멋진 부부싸움이 끊임없이 이어졌고 그 불화의 원인은 바로 나였다.

그렇다. 나의 가족생활은 전혀 행복하지 않았다. 이 표현을 쓰고 있자니 웃음이 나온다. 가족생활이라고! 가족! 오늘날과 같은 의미의 가족이 당시 내게는 없었다. 내게 있어 가족은 거주지가 아닌 연합의 차원이었기 때문이다. 나는 집 안에 살지 않았다. 단지 어머니의 돌봄 속에 살았다. 그리고 어머니는 날이 어두워지면 땅 위 올라갈 수 있는 어느 곳에서든 살았다.

어머니는 구식이었다. 여전히 나무에서 사는 것을 고수했다. 사실 우리 무리 중 더 진보된 구성원들은 강 위에 있는 동굴에서 살았다. 그러나 어머니는 의심이 많았고 보수적이었다. 그녀에게는 나무가 충분했다. 물론 날이 어두워지면 다른 나무에서 잠들기도 했지만, 보통은 특정한 나무에서 밤을 보냈다. 잔가지와 큰 나뭇가지 그리고 덩굴로 만든 조악한 모양의 받침대가 이를 지지할 만한 틈에 놓여 있었다. 다른 어떤 것도 아닌 거대한 새 둥지 같은 모양이었는데, 물론 새 둥지보다 천 배는 더 엉성했다. 하지만 새 둥지에는 없는 한 가지 특징이 있었는데, 그것은 바로 지붕이다.

오! 오늘날의 사람들이 만드는 그런 지붕은 아니다! 아니 오늘날의 가장 미개한 원주민들이 만드는 그런 지붕의 모습도 아니다. 우리가 아는 한 인간이 손으로 만들 수 있는 가장 꼴사나운 것보다 훨씬 더 엉성한 것이었다. 그것은 그저 아무렇게나 이것저것들을 난잡하게 모아놓은 것에 불과했다. 우리가 지냈던 나무의 갈라진 틈 위로는 죽은 나뭇가지와 덤불들이 쌓여 있었다. 근처 네다섯 개의 갈래진 나뭇가지들이 여러 개의 마룻대라 불러야 할 것들을 지탱하고 있었다. 이 마룻대들은 단지 지름이 3센티미터 정도인 튼튼한 막대기에 불과하다. 그 위로 덤불과 가지들이 놓여 있었다. 거의 이렇다 할 이유도 없이 아무렇게나 가지와 덤불들이 그 위로 던져진 듯 보였다. 가지들끼리 잇고자 하는 노력도 없었다. 그리고 고백하건대 폭우가 쏟아지면 지붕은 형편없이 물이 샜다.

그런데 의붓아버지 수다쟁이는 어머니와 내게 가족생활이 짐으로 느껴지게 만들었다. 여기서 내가 의미하는 가족생활은 나무 위 비가 새는 둥지를 말하는 것이 아니다. 우리 세 명의 단체생활을 뜻한다. 그는 나를 괴롭힐 때 가장 심술궂었다. 그가 5분 이상 집중할 수 있는 일은 나를 괴롭히는 것밖에 없었다. 또한 시간이 지날수록 어머니의 방어 역시 시들해갔다. 생각건대, 수다쟁이가 일으키는 계속되는 싸움 탓에 어머니에게도 나는 골칫거리가 되었음에 틀림없다. 하여튼 이 상황은 너무나 순식간에 악화되어 내 자유의지는 하루라도 빨리 내가 집을 떠나도록 했다. 그러나 독립적인 행동을 통해 얻을 수 있는 만족조차 나는 누리지 못하게 되었다. 떠날 준비를 채 하기도 전에, 쫓겨났기 때문이다. 그렇다. 말 그대로 나는 쫓겨났다.

둥지에 내가 혼자 있던 어느 날 나를 쫓아낼 기회가 수다쟁이에게 찾아왔다. 어머니와 수다쟁이는 블루베리가 많은 습지로 가고 없었다. 수다쟁이는 분명 이 모든 것을 미리 계획해놓았음에 틀림없다. 숲을 가로질러 성을 내고 울부짖으며 혼자서 돌아오는 그의 소리를 들으며 나는 직감할 수 있었다. 우리 무리의 모든 남자들이 화가 났거나 스스로를 화나게 만들 때 하는 것처럼, 그 역시 이따금 멈춰 서서 주먹으로 가슴을 두들겨 댔다.

나는 아무에게도 의지할 수 없는 상황임을 깨닫고는 둥지 속에서 바들바들 떨며 몸을 웅크렸다. 수다쟁이는 곧장 나무로 다가와서―그 나무가 떡갈나무였다는 것을 나는 지금도 기억한다―기어오르기 시작했다. 그러는 동안 그 악마 같은 울부짖음은 잠시도 멈추지 않았다. 내가 앞서 말했듯이, 우리의 언어는 너무나 빈약했다. 그래서 그는 나를 향한 사그라지지 않는 증오를 보이며 나와 결판을 내고자 하는 자신의 뜻을 알리기 위해 다양한 울부짖음으로 표현하고자 애썼음이 틀림없다.

그가 둥지가 있는 곳까지 올라왔을 때, 나는 수평으로 뻗어 있는 거대한 가지 쪽으로 도망쳤다. 그는 나를 따라왔고, 나는 더욱더 멀리 그를 피해 달아났다. 마침내 나는 잔가지와 잎사귀 사이로 몸을 피할 수 있었다. 수다쟁이는 아주 겁쟁이였다.

그에게는 화를 표출하는 것보다 스스로를 보호하는 쪽이 훨씬 중요한 문제였다. 그는 나를 따라와 잔가지와 나뭇잎들이 있는 곳까지 오기를 두려워했다. 사실 자신의 엄청난 무게 때문에 나를 잡기도 전에 땅으로 떨어질 것이 분명했다.

그는 굳이 나를 잡으려고 내가 있는 곳까지 다가올 필요가 없었다. 그것을 잘 알고 있던 그놈의 악당! 그는 얼굴에 심술궂은 표정을 띠고, 잔인한 꾀가 깃든 구슬 같은 눈을 빛내더니 나뭇가지를 흔들기 시작했다. 그렇다. 나뭇가지를 마구 흔들어댄 것이다. 나는 내 무게로 말미암아 점점 더 구부러지고 있는 잔가지를 꽉 붙잡았다. 나는 그 가지의 끝에 죽을힘을 다해 매달려 있었다. 6미터 아래로는 땅이었다.

더 거칠고 더 세게 가지를 흔들던 수다쟁이는 증오심으로 고소해하면서 나를 향해 이를 드러내며 웃어댔다. 그러다 마침내 끝이 왔다. 손과 발로 쥐고 있던 가지가 뚝 하고 부러졌다. 나는 부러진 나뭇가지를 꼭 껴안은 채 수다쟁이를 올려다보며 아래로 떨어졌다. 다행스럽게도 내 밑에는 야생 멧돼지가 없었다. 나는 용수철 같은 거친 덤불 위로 떨어졌다.

보통 이런 식으로 떨어지는 꿈을 꾸면 잠에서 깨기 마련이다. 그 무서운 충격은 순식간에 천 세기 전 과거와 지금을 연결할 만큼 엄청나서, 나는 내동댕이쳐진 채 깜짝 놀라 내 작은 침대에서 눈을 뜬다. 그럴 때면 식은땀을 흘리고 벌벌 떨며 침대에 누운 채 거실에서 시간을 알리는 뻐꾸기시계 소리를 듣고는 했다. 하지만 여러 번 꾸었던 집을 떠나는 이 장면 때문에 잠에서 깬 적은 한 번도 없었다. 언제나 나는 비명을 내지르며 덤불 사이로 부딪쳤고, 혹이 난 채 땅바닥에 떨어졌다.

여기저기 긁히고 멍이 들어 신음하면서 떨어진 곳에 나는 쓰러져 있다. 덤불 사이로 빠끔히 내다보니 수다쟁이의 모습이 보였다. 그는 신들린 듯이 기쁨의 노래를 내지르기 시작하더니 몸을 흔들며 노래에 박자를 맞추었다. 나는 재빨리 신음소리를 죽였다. 더 이상 안전하게 나무 위에 있는 것도 아니었기에, 들릴 만치 크게 슬퍼하다가는 사나운 동물들을 끌어들일 수 있었기 때문이다.

흐느낌이 가라앉았을 무렵 눈을 깜빡일 때 눈물에 젖은 속눈썹 사이로 생기는 이상한 빛의 효과에 호기심을 느끼던 내 모습을 기억한다. 그러다 내가 그리 심하게 다치지 않은 것을 알아차렸다. 여기저기 털과 피부가 찢겨 나가고, 부러진 나뭇가지의 날카롭고 삐죽삐죽한 끝이 아래팔에 3센티미터나 깊숙이 박혔다. 게다가 오른쪽 엉덩이는 땅바닥에 곧장 떨어졌기에 참을 수 없을 만큼 아팠다. 그러나 이것들은 단지 가벼운 상처에 불과했다. 뼈도 부러지지 않았고, 당시 인간의 살은 오늘날보다 더 섬세한 자기 치유력을 가지고 있었기 때문이다. 하지만 땅바닥에 곧장 부딪힐 때 큰 충격을 받아 다친 엉덩이 때문에, 꼬박 일주일 동안 절룩거려야 했다.

그렇게 덤불 속에 누워 있으니 이제는 내게 집이 없다는 비참한 생각이 들기 시작했다. 나는 결코 어머니와 수다쟁이에게 돌아가지 않기로 결심했다. 이 무시무시한 숲을 가로질러 멀리 멀리 벗어나 내가 자리 잡을 수 있는 나무를 찾을 것이다. 먹을 것이라면 어디서 찾을 수 있는지 알고 있었다. 적어도 지난 한 해 동안은 음식을 먹기 위해 어머니에게 신세를 지지는 않았었다. 그녀가 내게 제공해준 것은 보호와 지도가 전부였다.

나는 덤불 밖으로 조심해서 기어 나갔다. 다시 한 번 뒤를 돌아보니 수다쟁이는 여전히 노래를 부르며 몸을 흔들고 있었다. 보기 좋은 광경은 아니었다. 나는 어떻게 조심해야 하는지 꽤 잘 알고 있었다. 또한 세상을 향한 내 첫 번째 여행에도 엄청나게 주의를 기울였다.

어디로 갈지에 대해서는 아무 생각이 없었다. 나는 단지 하나의 목적만 가지고 있었다. 바로 수다쟁이의 손이 닿지 않는 곳으로 도망가는 것이다. 나는 나무 위로 기어올라 땅을 밟지 않은 채 이 나무에서 저 나무로 옮겨 다니며 몇 시간 동안 헤매었다. 그러나 어떤 특정한 방향으로 몸을 움직이지도 않았고, 계속해서 여행을 해나간 것도 아니었다. 되는 대로 움직이는 것이 내 동료들의 천성이듯, 나 또한 그런 천성을 가졌다. 게다가 나는 단지 아이에 불과했기에, 여행하는 내내 장난을 치기 위해 자주 멈췄다.

집을 나와 내게 일어났던 일들은 아주 모호하다. 내 꿈속에 잘 나오지 않기 때문이다. 내 다른 자아가 특히 이 시기에 관한 기억을 대부분 잊어버렸나 보다. 게다가 집을 나와서 동굴에 도착하기까지의 사이를 메우기 위해 나 자신이 다양한 꿈들을 엮어내는 것도 불가능하다.

여러 번 탁 트인 공간에 도착했던 것을 기억한다. 그럴 때면 엄청난 공포를 느끼며 땅으로 내려와 전속력을 다해 달려 가로질러갔다. 비 오던 날도 있었고, 햇빛이 비친 날도 있었음을 기억한다. 아마도 나는 상당한 시간 동안 혼자서 방황했음에 틀림없다. 특히 빗속에서 비참하게 지냈던 것과 굶주림으로 괴로웠던 일 그리고 그러한 상황들을 어떻게 이겨냈는지에 관한 꿈을 꾸곤 한다. 한 가지 아주 인상 깊은 기억은 바위로 된 둥근 언덕의 꼭대기에서 작은 도마뱀들을 사냥하던 것이다. 도마뱀들은 바위 아래로 도망쳤기에 대부분을 놓치고 말았다. 하지만 나는 때때로 돌을 뒤집어서 한 마리씩 잡기도 했다. 이곳에서

많은 뱀 때문에 놀라 도망쳤던 일도 있었다. 뱀들이 나를 쫓아 오지는 않았다. 그들은 단지 평평한 바위 위에서 햇볕을 쬐고 있었던 것이다. 그러나 마치 뱀들에게 쫓기는 마냥 빠르게 내가 도망친 것은 내 안의 유전자에 새겨진 공포심 때문이었다.

그러다 나는 어린 나무의 씁쓸한 맛이 나는 껍질을 갉아먹었다. 다수의 푸른 열매들과 부드러운 껍질을 비롯해 촉촉한 열매를 먹었던 것도 흐릿하게 기억한다. 그러다 배가 아파 고생했던 일은 아주 분명하게 떠오른다. 아마도 푸른 열매나 도마뱀 때문이 아니었나 추측한다. 잘은 모르겠다. 그러나 복통으로 배가 꼬여 땅바닥에서 수 시간을 괴로워하는 동안에 운 좋게도 다른 동물들에게 잡아먹히지 않았던 것은 확실히 기억한다.

5

숲을 빠져 나온 내게 갑자기 그 장면이 다가왔다. 나는 거대한 빈터의 가장자리에 서 있었다. 한쪽으로는 높은 절벽이 솟아 있었고, 다른 한쪽으로는 강이 흐르고 있었다. 흙으로 된 제방 은 강 아래로 가파르게 뻗어 있었는데, 여기저기 흙이 내려앉 은 곳을 따라 강으로 내려가는 길이 나 있었다. 그곳은 동굴 속 에 살고 있던 무리가 물을 마시던 장소였다.

이 일대는 내가 발견한 무리의 주요 거주지, 즉 하나의 마을 이었다. 그들 입장에서는 나의 어머니와 수다쟁이, 나 그리고 다른 몇몇을 아마도 교외 거주자라 불렀을지도 모른다. 우리도 그 무리의 일부였다. 비록 마을에서 떨어져 살고 있긴 했지만 말이다. 헤매느라 도착하는 데 꼬박 일주일이 걸렸지만 이곳은 내가 살았던 숲에서 아주 가까이에 있었다. 곧장 왔더라면 한 시간 안에도 올 수 있었던 거리다.

어쨌든 이야기로 되돌아가자. 숲의 가장자리에서 절벽에 나 있는 동굴들과 빈터 그리고 물 마시는 곳으로 내려가는 길을 살펴보았다. 빈터에는 그 무리의 다수가 있었다. 꼬박 일주일 동안 혼자서 헤매던 시간 동안 나는 내 무리의 사람을 본 적이 없었다. 두렵고 비참했다. 그런데 이제 눈앞에서 내 동료들의 모습이 보였다. 기쁨이 넘친 나머지 나는 그들을 향해 거칠게 달려 나갔다.

그러자 이상한 일이 일어났다. 무리 중 몇몇이 나를 보고는 경고의 외침을 내지르는 것이 아닌가. 일순간 그들은 두려움과 공포로 울부짖으며 도망치기 시작했다. 바위 위로 뛰거나 기어 오르면서 동굴 입구 속으로 사라져버렸다. 오로지 아기 하나만 이 그 소란 속에서 부모를 잃고 절벽 아래에 남아 있었다. 아기 는 슬프게 울어댔다. 아이의 엄마가 쏜살같이 튀어 나오자 아기는 엄마에게 튀어 올라 꽉 매달렸다. 아기를 되찾은 엄마는 이내 동굴 속으로 다시 기어 들어갔다.

나는 완전히 혼자였다. 복잡하게 붐비던 그 빈터는 한순간에 인적이 끊겼다. 나는 절망적으로 땅에 주저앉아 흐느껴 울었다. 도대체 이해할 수가 없었다. 왜 그들이 나를 피해 달아난 걸까? 나중에 그들의 생활방식을 알게 되었을 때에야 그 이유를 알 수 있었다. 숲에서 전속력으로 뛰쳐나오는 나를 본 그들은 내가 어떤 육식동물에게 쫓기고 있다고 생각했고, 결국 내 점잖지 못한 행동이 그들을 우르르 달아나게 만든 것이었다.

땅바닥에 주저앉아 동굴의 입구를 보고 있자니 그들 역시 나를 살피고 있는 게 보였다. 곧 그들이 머리를 밖으로 내밀었다. 잠시 후 서로를 찾아 불러댔다. 허둥지둥 소란스러웠던 사이 자신들의 동굴을 제대로 찾아 들어가지 못한 것이었다. 몇몇 어린 녀석들은 다른 이의 동굴에서 몸을 피하고 있었다. 그들의 엄마들은 이름으로 그들을 부르지는 않았는데, 이는 우리가 아직 이름을 발명해내지 못했기 때문이다. 우리는 모두 이름이 없었다. 엄마들은 자신들의 새끼들이 알아들을 수 있는 성마르고 걱정스러운 소리를 내질렀다. 아마 내 어머니가 그곳에서 나를 불렀다면, 나는 수많은 엄마들의 소리 속에서 그녀의 소리를 알아차렸을 것이다. 그리고 마찬가지로 내 어머니도 내 목소리를 분간했을 것이다.

이렇게 서로 주고받는 소리가 얼마 동안 계속되었다. 하지만 그들은 너무 조심한 나머지 동굴 밖으로 나와 땅으로 내려오지는 못했다. 마침내 하나가 나왔다. 그는 내 삶의 큰 부분을 차지하게 된 이였다. 그리고 마찬가지로 그는 이미 그 무리 모든 구성원의 삶에도 큰 영향을 미치고 있었다. 내 이야기에서 나는 그를 붉은 눈이라 부르겠다. 왜냐하면 그의 충혈된 눈 때문이다. 눈꺼풀도 붉었는데 그런 특이한 외모는 그가 지닌 무시무시한 야만성을 더한층 부각시키는 듯했다. 마치 그의 영혼의

색마저 붉어 보였다.

　그는 모든 면에서 괴물이었다. 육체적으로 보았을 때 그는 거인이었다. 몸무게가 77킬로그램은 되어 보였다. 내가 본 동족 중 가장 거대했다. 불부족의 어느 누구도 그만큼 크지 않았고, 나무부족 역시 그만큼 거대한 이는 없었다. 때로는 오늘날의 신문에서 프로 권투선수나 격투기선수를 묘사한 것을 보면 과연 그들 중 가장 큰 선수라도 붉은 눈에 대항할 수 있을까 하는 생각이 든다.

　내가 보기에는 그것은 가능할 듯싶지 않다. 붉은 눈이 쇠같이 튼튼한 손가락으로 한 번만 잡아당겨도 근육, 가령 이두박근 같은 조직은 그들의 몸에서 뿌리째 뽑힐 것이다. 주먹으로

간단히 치기만 해도 머리통은 달걀 껍데기처럼 부서질 것이다. 그가 무시무시한 (뒷손이라 부를 수 있는) 발을 휘두르면 그들의 배는 갈라질 테고, 한 번만 비틀어도 목은 부러질 것이다. 만약 그가 단 한 번 물어뜯는다 해도, 목의 대동맥을 뚫고 척추의 골수까지 뜯어낼 것이다.

그는 앉은 자세에서 6미터나 튀어오를 수 있으며, 혐오스러울 정도로 털이 많다. 털이 적어야지 무리에서는 자존심이 섰지만, 그는 몸 전체가 털로 뒤덮여 있었다. 심지어는 팔의 안쪽과 바깥쪽, 게다가 귀에 이르기까지 털이 나 있었다. 털이 나지 않은 유일한 곳은 그의 두 손바닥과 발바닥, 눈 밑 부분뿐이었다. 그는 무시무시할 정도로 추했는데, 잔인하게 이를 드러내고 웃는 모습과 거대하게 매달려 있는 아랫입술은 그의 끔찍한 눈과 잘 어울렸다.

그가 바로 붉은 눈이었다. 아주 신중하게 자신의 동굴에서 기어 나온 그는 땅으로 내려왔고, 나를 무시한 채 정찰을 하기 위해 앞으로 나아갔다. 그는 구부정한 자세로 걸었는데 굉장히 깊이 몸을 숙인 데다 팔마저 길었기에 한 걸음 한 걸음 내딛을 때마다 손가락 관절들이 양 옆의 땅에 닿았다. 그의 반쯤 일어선 듯한 자세는 어색해 보였다. 사실 그는 균형을 잡기 위해 손가락 마디를 땅에 디딘 것이었다. 그러나 이럴 수가! 당신들에게 말해둘 것이 있는데 그는 두 손과 두 발로 달릴 수도 있었다. 나를 포함해 무리의 다른 이들은 그렇게 하는 것이 무척 어색했다. 게다가 걸을 때 균형을 잡기 위해 손가락 마디를 땅에 디디는 것은 우리에게도 아주 희귀한 일이었다. 보통 격세유전을 지닌 이들이 그런 특징을 가지고 있었는데, 붉은 눈의 격세유전은 다른 그 누구보다 더 강력했다.

격세유전, 그것이 바로 붉은 눈의 정체였다. 우리 무리는 나무에서 땅으로 내려가 사는 변화의 과정 중에 있었다. 여러 세대 동안 우리는 이 변화를 겪어왔고, 따라서 몸과 움직임도 마찬가지로 변하고 있었다. 그러나 붉은 눈은 나무에 살던 훨씬 더 원시적인 모습으로 되돌아간 것이다. 그가 우리 무리에서 태어났기 때문에 어쩔 수 없이 우리와 함께 머물고는 있었지만, 격세유전을 지닌 자였기에 다른 무리에 속해야만 마땅했다.

아주 신중히 경계를 취하는 자세로 붉은 눈은 나를 쫓고 있으리라 생각한 육식동물의 모습을 찾기 위해 숲 속을 살피며 빈터의 이곳저곳을 둘러보았다. 나는 안중에도 없이 그가 계속해서 주의를 살피는 동안, 무리는 동굴 입구에 모여 주시하고 있었다.

마침내 붉은 눈은 주위에 어떤 위험도 숨어 있지 않다고 분명히 결론을 내렸다. 그는 물 마시는 곳을 향하는 길 입구에 서서 아래를 슬쩍 내려다보더니 되돌아왔다. 내가 있는 쪽으로 가까이 다가왔지만 그는 여전히 나를 알아채지 못한 듯했다. 그렇게 아무 생각 없이 내가 있는 쪽으로 걸어오던 그는 나와 나란히 마주치자 어떤 경고도 없이 엄청나게 빠르게 나를 내리쳤다. 나는 땅에 닿기 전까지 뒤쪽으로 4미터 정도를 나가떨어졌다. 그에게 맞아 반쯤 넋이 나간 상태에서도 동굴에서 터져나온 혀를 차는 소리와 비명을 질러대며 웃는 시끄러운 함성을 들었던 것을 기억한다. 적어도 그날에는 내가 맞는 것이 엄청 재미있는 구경거리였던 것이다. 그들은 마음껏 그 광경을 즐겼다.

이런 식으로 나는 그 무리에 받아들여졌다. 붉은 눈은 더 이상 내게 관심을 가지지 않았고, 나는 성에 차는 만큼 마음껏 훌쩍거리며 흐느껴 울었다. 몇몇의 여자들이 내 주위에 호기심을 가지고 모여들었다. 나는 그들을 알아보았다. 개암나무 계곡으로 내 어머니가 나를 데리고 갔던 바로 그 전해에 그녀들과 마주쳤었다.

그러나 그들은 곧 나를 혼자 남겨두고 가버렸고 뒤이어 열두 명 남짓의 호기심 많고 놀리기 좋아하는 어린 녀석들이 다가왔다. 그들은 내 주위로 원을 그리며 서더니 손가락으로 나를 가리키며 얼굴을 찡그렸고, 나를 꼬집으면서 찔러대었다. 나는 겁에 질려 한동안 참고 있었지만 결국에는 화가 나 그들 중 가장 대담한 녀석—그 누구도 아닌 바로 늘어진 귀—에게 달려들어 이빨로 물어뜯고 손톱으로 할퀴었다. 내가 그 녀석을 늘어진 귀라 부르게 된 이유는 두 개의 귀 중 하나만 쫑긋하게 서 있었기 때문이다. 녀석의 다른 한쪽 귀는 언제나 축 처져서 움직이지 않았다. 어떤 사고가 나는 바람에 귀의 근육이 다쳐 더 이상 그것을 움직일 수 없게 된 것이다.

그도 내게 달려들었고 결국 우리는 마치 꼬마 아이들 둘이서 싸우는 것처럼 서로 치고 박았다. 잡아당기고, 물고, 머리카락을 맞붙잡고 싸우다가 땅바닥에다 밀치기도 했다. 나는 내가 대학생이던 시절 배웠던 '하프 넬슨'(레슬링에서 한 팔을 상대편의 뒤에서 겨드랑이 밑으로 넣고 뒤통수에 팔을 둘러 목을 조르는 공격 기술—옮긴이)이라 불리는 기술을 사용하여 녀석을 잡는 데 성공했다. 이 조르기 기술은 나를 결정적으로 유리하게 만들었지만, 그리 오래 즐길 수는 없었다. 녀석이 한 다리를 들어올려 그 발로(혹은 뒷손으로) 내 배를 가르기라도 할 듯 너무나 무지막지하게 복부를 공격해댔기 때문이다. 나는 목숨을 부지하기 위해 녀석을 놓아주어야만 했고, 그런 식으로 우리는 계속 싸웠다.

늘어진 귀는 나보다 한 살 많았지만, 내가 그보다 몇 배는 더 화가 나 있었기에, 결국에는 그가 부리나케 도망치고 말았다. 나는 빈터를 가로질러 강으로 내려가는 길까지 그를 뒤쫓았다.

그러나 녀석이 주변 지역을 더 잘 알고 있었기에 물가 가장자리를 따라 다른 길로 내뺐다. 녀석은 대각선으로 빈터를 가로지르더니 입구가 넓은 동굴 속으로 곧장 뛰어 들어가버렸다.

나도 모르는 사이에, 녀석을 뒤쫓아 어둠 속으로 뛰어들었다. 다음 순간 나는 너무나 무서웠다. 동굴 속에 있어 본 적이 한 번도 없었기 때문이다. 나는 흐느끼기 시작하다가 크게 울어버리고 말았다. 늘어진 귀는 나를 조롱하듯 재잘거리더니 모습을 숨긴 채 내게 달려들었고 나는 넘어졌다. 그러나 그는 한 번 더 내게 접근하려 들지 않고 자리를 떠나버렸다. 나는 동굴의 입구와 녀석 사이에 있었다. 그리고 녀석은 나를 지나쳐 나가지 않았다. 하지만 멀리 떠나버린 듯했다. 나는 귀를 기울였다. 그러나 그가 어디에 있는지 어떤 단서도 얻을 수가 없었다. 이것이 나를 혼란스럽게 했다. 동굴 밖으로 나온 나는 바닥에 앉아 동굴 쪽을 지켜보았다.

녀석은 결코 입구를 통해 나오지 않았다. 그것은 내가 확신한다. 그런데 몇 분이 지났을 무렵 녀석이 내 팔 뒤꿈치를 찔러대는 것이었다. 또다시 나는 그를 잡으려 뛰었다. 그러자 녀석은 동굴 속으로 달려 들어갔다. 이번에는 그를 따라 들어가지 않고 입구에 멈춰 섰다. 약간 멀리 떨어져서 지켜보았다. 아까처럼 입구로는 나오지 않았지만 녀석이 다시 내 팔 뒤꿈치를 찌르고는 내게 쫓겨 세 번째로 동굴 안으로 도망쳤다.

이런 일들이 여러 번 반복되었다. 결국 나는 그를 쫓아 동굴 안으로 들어갔고 헛되게 녀석을 찾아보았다. 궁금했다. 어떻게 녀석이 나를 속이는지 알 수 없었기 때문이다. 언제나 동굴 안으로 들어가긴 하지만 입구를 통해 동굴 밖으로 나오지는 않는 녀석이 동굴 밖에서 내 팔꿈치를 찌르며 나를 놀리는 것이다. 그래서 우리의 싸움은 곧 숨바꼭질로 변해버렸다.

오후 내내, 이따금 멈추기도 하면서, 우리는 숨바꼭질을 계속 반복했다. 그러다 쾌활하고 친근한 감정이 서로에게 생겨났고 결국에는 서로의 팔에 어깨를 두르고 함께 바닥에 앉게 되었다. 이 입구가 넓은 동굴의 비밀은 얼마 후 녀석이 알려주었다. 내 손을 잡고 그는 동굴 안으로 나를 인도했다. 동굴은 또 다른 동굴과 좁은 틈으로 연결되어 있었고, 그 틈을 통해 우리는 다시 밖으로 나왔다.

이렇게 우리는 좋은 친구가 되었다. 다른 어린 녀석들이 나를 놀리려 모이면 늘어진 귀는 나와 함께 그들을 공격했다. 그럴 때마다 우리가 아주 지독하게 공격했기 때문에 오래지 않아 나를 놀리려는 이들은 사라졌다. 늘어진 귀는 내게 마을을 안내해주었다. 마을의 형편이라든지 관습에 관해서 그가 내게 말해줄 수 있는 것은 거의 없었다. 늘어진 귀는 그에 필요한 어휘를 가지고 있지 않았기 때문이다. 그러나 그의 행동을 관찰하면서 나는 많은 것을 배웠다. 또한 그는 내게 이곳저곳과 여러 가지 것들을 보여주었다.

그는 동굴과 강 사이에 있는 빈터로 나를 데리고 가 그 너머

숲으로 향했다. 나무들에 둘러싸인 그곳 풀밭에서 우리는 뿌리가 단단한 당근을 밥으로 먹었다. 그러고는 강에서 물을 맛있게 마신 후 동굴로 가기 위해 길을 따라 올라갔다.

붉은 눈과 다시 마주친 것은 그 길 위에서였다. 내가 처음 알아차린 것은 늘어진 귀가 한쪽으로 피하며 둑에 기대 몸을 낮게 웅크렸다는 것이다. 자연스럽게 나도 모르는 사이에 그를 따라했다. 그러고 나서 녀석이 두려워하는 것이 무엇인지 보았다. 그것은 바로 붉게 충혈된 눈으로 사납게 쏘아보면서 길 한가운데로 거들먹거리며 내려오고 있던 붉은 눈이었다. 어른들은 그가 다가오면 그를 경계하듯 바라보면서 그에게 양보하기 위해 길 한가운데에서 옆으로 비켜났다. 그러는 동안 주위의 모든 어린 녀석들은 늘어진 귀와 내가 그랬던 것처럼 그에게서 몸을 피한다는 것을 나는 알아차렸다.

땅거미가 내리자 빈터에는 아무도 없었다. 마을 무리는 안전을 위해 동굴로 들어갔다. 늘어진 귀는 잠자리로 나를 안내했다. 다른 동굴보다 더 높은 절벽의 고지대로 우리는 올라갔다. 그곳에는 땅에서는 잘 보이지 않았던 좁은 틈이 있었다. 이 틈 안으로 늘어진 귀가 비집고 들어갔다. 입구가 너무나 좁아 나도 간신히 따라 들어갔는데, 안으로 들어가니 조그마한 바위로 이루어진 방이었다. 천장이 아주 낮아 높이는 60~90센티미터가 채 못 되었고, 폭은 90센티미터, 길이 121센티미터 정도였을 것이다. 바로 이곳에서 서로의 어깨를 꼭 껴안은 채 우리는 그날 밤 잠을 청했다.

6

어린 녀석들 중 용감한 놈들이 넓은 입구의 동굴 안팎에서 노는 모습을 보면서, 그런 동굴에서는 아무도 살지 않는다는 것을 나는 일찍이 알아차렸다. 밤이 되어도 그런 동굴에서는 그 누구도 자지 않았다. 오로지 좁은 틈의 입구를 가진 동굴만이 잠자리로 사용되었는데, 입구가 작으면 작을수록 더 좋았다. 이유는 그 시절 밤낮을 가리지 않고 우리의 삶을 힘들게 만들던 맹수에 대한 두려움 때문이었다.

늘어진 귀와 함께 잠을 잔 다음 날 아침, 좁은 입구를 가진 동굴의 장점을 알게 되었다. 늙은 호랑이 칼송곳니가 한낮에 빈터로 기어 들어왔다. 무리 중 두 명이 벌써 위로 올라오고 있었다. 그들은 동굴을 향해 돌진하였다. 공포에 사로잡혔기 때문인지, 아니면 좁은 틈이 있는 절벽으로 기어오르기도 전에 이미 호랑이가 발뒤꿈치까지 너무 가까이 다가와서인지 모르겠다. 하여튼 그들은 전날 오후에 늘어진 귀와 내가 장난을 치던 넓은 입구의 동굴로 쏜살같이 달려 들어갔다.

그 안에서 무슨 일이 일어났는지는 말할 방법이 없지만, 그 두 명이 다른 동굴과 이어진 좁은 틈사이로 들어갔다고 결론 내릴 수 있다. 그 틈은 너무나 좁아 칼송곳니가 통과하는 것은 불가능하다. 아니나 다를까 그들을 따라 동굴로 들어갔던 놈은 불만에 가득 차 화가 난 상태로 자신이 들어간 길로 다시 나왔다. 전날 밤 사냥이 신통치 않았기에 우리를 식사거리로 삼으려 했음이 분명했다. 호랑이는 다른 동굴의 입구에 있던 그 두 명을 발견하고는 달려들었다. 물론 그들은 첫 번째 동굴 안으로 잽싸게 들어갔다. 놈은 전보다 더 화가 나서 으르렁거렸다.

나머지 무리는 대혼란에 휩싸였다. 절벽의 위에서부터 아래까지 좁은 틈과 튀어나온 평평한 곳에 빽빽이 자리 잡고는 모두들 각양각색의 음으로 끽끽거리며 날카롭게 비명을 질러댔다. 그리고 모두가 얼굴을 일그러뜨리며 으르렁거리는 표정을 지었는데 이는 본능이었다. 우리는 칼송곳니에게 너무나 화가 났다. 비록 두려움에서 비롯된 것이기는 했지만. 나 역시 무리와 함께 비명을 지르고 얼굴을 찡그렸던 것을 기억한다. 다른 이들이 어떻게 하라고 알려준 적도 없었지만, 나는 내 속에서 그들의 행동을 똑같이 따라하고자 하는 욕구를 느꼈다. 털이 곤두섰고 격렬하고 까닭 모를 분노에 몸부림쳤다.

한동안 늙은 칼송곳니는 첫 번째 동굴에서 그러더니 다른 동굴로 뛰어 들어갔다가 나오는 짓을 반복했다. 그러나 쫓기던 그 둘은 단지 두 동굴을 이어주는 좁은 틈 사이로 미끄러져 다니며 호랑이놈을 피해 다녔다. 그러는 사이 절벽에 있던 우리가 움직이기 시작했다. 놈이 동굴 밖으로 나올 때마다 우리는 녀석에게 돌을 내던졌다. 처음에는 그저 돌을 떨어뜨리기만 하다가 곧 근육에 잔뜩 힘을 싣고 돌을 세게 던졌다.

이 돌들의 공격으로 칼송곳니의 관심이 우리에게 쏠렸다. 놈은 더욱 화가 난 듯했다. 그는 두 명을 쫓던 것을 그만두고 부서지는 돌을 발톱으로 움켜잡고 으르렁거리더니 우리가 있는 절벽 쪽으로 뛰어올랐다. 이 끔찍한 광경에 우리 모두는 동굴 안으로 도망쳤다. 동굴 밖으로 고개를 내밀고 보니 절벽 쪽에는 아무도 없었다. 다만 칼송곳니만이 발을 디딜 곳을 놓쳐 아래로 미끄러지며 떨어지고 있었다.

나는 힘을 돋우는 소리를 내질렀다. 그러자 다시 절벽은 소리를 질러대는 무리로 뒤덮였고, 전보다 더 빠르게 돌들이 아래로 쏟아졌다. 칼송곳니는 화가 나서 미칠 지경이었던지 몇 번이고 절벽 쪽을 공격했다. 그러다 한번은 절벽의 제일 낮은 곳에 나 있는 좁은 틈까지 놈이 올라왔다. 그러나 녀석은 틈 안으로 들어갈 수 없었다. 놈이 위로 돌진해올 때마다 두려움의 물결이 우리를 휩쓸었다. 처음에는 무리의 대부분이 동굴 안으로 급히

뛰어 들어갔고, 몇몇만이 밖에 남아 돌을 던지며 맹렬히 공격했다. 그러다 모두가 밖에 남아 계속해서 돌을 던져댔다.

여태껏 호랑이처럼 강한 맹수가 이토록 철저히 당혹스럽게 된 적은 없었다. 그래서 우리처럼 작고 약한 무리에게 허를 찔리게 되자 놈의 자존심은 심하게 상처 받았다. 놈은 바닥에서 으르렁거리며 꼬리를 심하게 흔들어댔고, 자기 가까이 떨어진 돌에 잽싸게 달려들면서 우리를 올려다보았다. 한번은 내가 돌을 세게 내던졌는데 딱 그 순간에 놈이 위를 올려다보았다. 돌멩이는 놈의 코 끝 정중앙에 맞았고 녀석은 아픔과 놀라움 속에서 큰 소리로 울부짖으며 허공으로 튀어 올라 네 다리를 쭉 뻗어댔다.

녀석은 패배한 것이었고, 그 자신도 그 사실을 알았다. 위엄을 되찾은 놈이 쏟아져 내리는 돌 아래를 지나 무거운 발걸음을 옮겼다. 빈터 한가운데서 발걸음을 멈춘 녀석은 못내 아쉬운 듯 배고픈 표정으로 고개를 돌려 우리를 보았다. 녀석은 한 끼 식사를 버리기가 싫었을 것이다. 엄청난 양의 고기가 구석에 몰려 있지만 접근조차 할 수 없는 현실이라니. 이 모습을 보고 있던 우리는 웃어대기 시작했다. 우리 모두는 떠들썩하게 비웃었다. 동물들은 조롱받는 것을 좋아하지 않는다. 비웃음은 그들을 화나게 한다. 우리의 비웃음도 칼송곳니를 다시금 화나게 만들었다. 놈은 소리를 지르며 방향을 틀더니 다시 한 번 절벽을 향해 달려들었다. 이는 우리가 원했던 일이다. 싸움은 게

임이 되었고 놈에게 돌팔매질을 하며 우리는 엄청난 재미를 맛보았다.

하지만 이러한 공격은 그리 오래 가지 않았다. 놈이 재빨리 정신을 차린 데다 우리가 던진 돌이 날카로워 아팠기 때문이다. 지금도 우리가 던진 돌에 맞아 부어오른, 거의 감긴 듯한 놈의 불룩해진 한쪽 눈을 선명히 기억한다. 또한 녀석이 숲의 가장자리에 서 있다가  마침내 물러간 장면도 또렷이 기억한다. 뒤틀리는 입술을 치켜들어 자신의 거대한 송곳니의 뿌리 부분까지 또렷이 내보인 채, 털을 곤추세우고 꼬리를 빠르게 휘두르며 녀석은 우리를 돌아다보았다. 그는 마지막으로 으르렁거리더니 우리의 시야에서 벗어나 나무 사이로 사라져갔다.

그러고 나자 엄청나게 재잘대는 소리가 일어났다. 우리는 숨어 있던 구멍에서 모두 떼 지어 나와 절벽의 부스러진 경사면에 녀석의 발톱이 만들어놓은 흔적을 살펴보았고 일제히 지껄이기 시작했다. 두 개의 동굴 속에 갇혀 있던 두 녀석 중 하나는 아직은 반쯤 어른이 된 아이였다. 그들은 자신들이 숨어 있던 곳에서 당당하게 밖으로 나왔고 우리는 그들을 칭찬하면서 둘러쌌다. 그때 그 어린 녀석의 어미가 우리 사이를 뚫고 나와 엄청나게 화가 난 모습으로 녀석에게 달려들더니 귀를 때리고 털을 잡아당기며, 악마처럼 소리를 질러댔다. 그녀는 키가 크고 건장한 털이 많은 여자였다. 그녀가 아들을 마구 때리는 모습마저 무리에게 즐거움이 되었다. 우리는 큰 즐거움 속에서 서로를 붙잡거나 땅바닥을 구르며 와 하고 크게 웃어댔다.

두려움의 지배 속에 살았지만, 우리는 언제나 즐겁게 웃으며 지냈다. 우리는 유머감각이 있었다. 우리의 왁자지껄한 웃음은 엄청났다. 결코 웃음을 참는 법은 없었다. 우리 사전에 어중간하게 웃는 일은 없었다. 무엇인가가 재미있으면 그것의 재미에 포복절도했고, 가장 단순하고 조악한 것도 우리에겐 즐거움이 되었다. 아, 우리는 엄청나게 웃어대던 무리였다고 나는 당신들에게 분명히 말할 수 있다.

칼송곳니에게 했던 방식대로 우리는 마을을 침략하는 모든 동물들에게도 똑같이 했다. 우리의 영토를 곧바로 통과하거나 헤매는 동물들이 있으면 그들의 목숨까지 위협해 강 아래로 내려가는 길과 물 마시는 장소를 계속 우리 것으로 삼았다. 우리는 가장 사나운 육식동물마저도 엄청나게 괴롭혀 그들이 우리의 거주지를 그대로 내버려둬야 한다는 점을 배우게 만들었다. 우리가 그들과 같은 사냥꾼은 아니었다. 우리는 교활하면서도 겁이 많았다. 그런 교활함과 비겁함, 두려움에 대한 지나칠 정도의 민감한 반응 때문에 우리는 세계의 초창기, 그 무시무시하고 적대적인 환경에서 살아남을 수 있었다.

내가 생각하기에 늘어진 귀는 나보다 한 살이 더 많았다. 그가 자신의 지난 시절이 어떠했는지 나에게 말해줄 방법은 없었으나, 그의 어미를 보지 못한 것으로 미루어볼 때 그는 고아였음에 틀림없다. 어쨌든 우리 무리에서 아버지는 중요하지 않았다. 결혼이라는 것이 아직 허술한 상태여서, 싸우게 되면 부부는 헤어졌다. 이혼제도가 있는 오늘날의 사람들은 그것을 법적으로 해결한다. 그러나 우리에게는 법이 없었다. 관습은 우리가 행동하는 대로 결정되었고, 특히 결혼에 관한 관습은 다소 난잡하기도 했다.

그럼에도 불구하고, 나중에 내 이야기에서 나오겠지만, 후에 일부일처제를 받아들인 부족들은 힘과 능력을 가지게 된다. 일부일처제의 전조를 우리도 어렴풋이나마 조금씩 가지고 있었다. 더 나아가 내가 태어났던 그 당시에도 내 어머니의 이웃에는 몇몇의 충실한 부부들이 살고 있었다. 빽빽한 무리 틈에 살면 일부일처제로 나아가지 못한다. 의심의 여지없이 이런 이유 때문에 그 충실한 부부들은 무리에서 떨어져 자기들끼리 살았다. 수년을 그 부부들은 함께 지냈다. 비록 부부 중 남자나 여자가 죽거나 동물에게 잡아먹히면 살아남은 이는 반드시 새로운 짝을 찾았지만.

무리와 함께 살게 된 처음 며칠 동안 나를 가장 어리둥절하게 만든 것이 하나 있다. 이름도 없고 말로 표현할 수도 없는 두려움이 무리 위를 항상 덮고 있었다. 처음에는 이런 것이 순전히 방향과 연관되어 있는 듯 보였다. 우리 무리는 북동쪽을 두려워했다. 언제나 나침반의 그쪽 방향을 두려워하며 살았다. 무리 중 너 나 할 것 없이 모두가 놀라는 모습으로 북동쪽을 자주 응시했다.

늘어진 귀와 내가 한창 제철인 당근의 단단한 뿌리를 먹기 위해 그쪽으로 나아갔을 때, 늘어진 귀는 평상시와 달리 소심해졌다. 그는 그 누구도 손대지 않는 당근들이 있는 곳으로 좀 더 과감히 나아가기보다는 뒤쪽에 남아 있는 크고 거친 당근이나 작고 형편없는 당근을 먹는 데 만족했다. 내가 앞으로 대담하게 나아가자, 그는 나를 꾸짖으며 공연히 시끄럽게 재잘거렸다. 나는 이해할 수가 없었다. 아주 주의를 기울이고 있었고 어떤 위험한 것도 내게는 보이지 않았다. 나는 언제나 가장 가까운 곳에 있는 나무와의 거리를 염두에 두고 있었는데, 황갈색의 사자나 늙은 칼송곳니가 갑자기 나타나도 그들보다 빨리 그 피난처를 향해 뛰어갈 수 있었다.

어느 늦은 오후 마을에서 엄청난 소동이 일어났다. 무리가 두려움이라는 단 하나의 감정 때문에 흥분한 것이다. 절벽 쪽에서 빽빽하게 들어선 그들은 북동쪽을 가리키며 주시하고 있었다. 나는 그것이 무엇인지 몰랐다. 그래도 일단 내가 살고 있던 높고 작은 동굴의 안전한 곳까지 한걸음에 기어올라갔고 그제야 그쪽을 바라보았다.

나는 그때 생애 처음으로 강을 가로질러 북동쪽에서 피어오르는 연기를 보았다. 그것은 내가 이제껏 본 것 중 가장 큰 동물이었다. 나는 그것이 나무 위로 머리를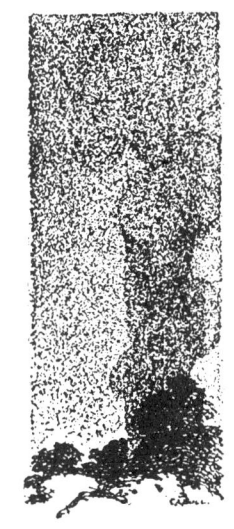
높게 치켜들고 몸을 세운 채 앞뒤로 움
직이고 있는 거대한 괴물뱀이라 생각했
다. 그러나 어쨌든, 무리의 행동을 통해
연기 자체는 위험한 것이 아니라는 사
실을 나 스스로 이해한 것 같다. 무리는
그 연기를 다른 어떤 것의 징표로 여기
며 두려워하는 듯했다. 그것이 무엇인
지는 추측할 방법이 없었다. 내게 이야
기해줄 수 있는 이도 무리 중에는 없었
다. 그러나 나는 이내 그것이 황갈색의 사자보다, 늙은 칼송곳
니보다, 그 어떤 뱀보다도 더 무시무시한 존재라는 것을, 세상
에서 그보다 더 무서운 것은 없다는 사실을 알게 되었다.

7

'깨진 이빨'도 혼자 지내던 녀석이었다. 그의 어미는 동굴에 살
았다. 하지만 두 명의 동생이 더 태어나자 어미는 혼자 힘으로
살아가라며 그를 집 밖으로 내몰았다. 연이어 며칠 동안 계속
된 이 과정을 지켜보았지만 전혀 즐겁지 않았다. 깨진 이빨은
집에서 나오기를 원하지 않았다. 그래서 매번 그의 어미가 동
굴을 비우면 다시 몰래 집으로 기어 들어가기를 반복했다. 어
미가 동굴로 돌아와 그를 발견하고는 엄청나게 화를 냈다. 우
리 무리의 절반은 이 광경을 항상 지켜보았다. 처음에는 동굴
안에서 어미의 꾸짖는 소리와 비명소리가 난다. 그러고 나면
마구 때리는 소리와 깨진 이빨의 비명소리를 들을 수 있다. 이
때쯤 되면 어린 두 동생도 어미와 합세하고, 그러다 마침내 작

은 화산이 폭발하듯 깨진 이빨이 튕겨져 나온다.

이런 식으로 며칠이 흐르다가 결국에는 그가 스스로 집을 나왔다. 그는 빈터 한가운데서 누구의 관심도 받지 못한 채 적어도 30분가량을 슬픔에 목 놓아 울었다. 그 후 깨진 이빨은 늘어진 귀와 나랑 함께 살게 되었다. 우리의 동굴은 작았지만 몸을 쑤셔 넣어 들어가면 세 명 정도는 생활할 공간이 되었다. 하지만 깨진 이빨이 우리와 함께 하룻밤 이상을 잔 기억이 내게는 없다. 그러므로 그 사고는 바로 뒤이어 일어났음에 틀림없다.

사건은 한낮에 일어났다. 아침에 당근을 잔뜩 먹고 장난을 치던 우리는 부주의해져서인지 바로 너머의 큰 나무들이 있는 지역으로 모험을 감행했다. 늘어진 귀가 어떻게 해서 평소의 그 신중함을 잃었는지는 이해할 수 없지만 분명 놀다 보니 그렇게 된 것이리라. 우리 세 사람은 나무 사이에서 술래잡기를 하며 재미있는 시간을 보냈다. 어찌나 재미나던 술래잡기였던지! 3∼5미터 정도의 거리는 당연히 뛰어넘었다. 그리고 6∼8미터의 높이에서 땅으로 뛰어내리는 것도 아무렇지 않았다. 사실 얼마나 높은 곳에서 우리가 뛰어내렸는지는 말하기가 두렵다. 몸이 더 자라고 무거워지면서 나무 사이에서 뛰어내릴 때 더 주의해야 한다는 것을 알았지만, 그 시절 우리는 몸에 끈이나 용수철이 달려 있거나 한 듯 물불을 가리지 않고 놀았다.

술래잡기를 할 때 깨진 이빨은 놀라운 민첩성을 보여주었다. 그는 늘어진 귀나 나에 비해 '술래'가 되는 횟수가 훨씬 적었

고, 놀이를 하다가 늘어진 귀나 내가 몰랐던 '미끄러지기' 기술을 찾아냈다. 솔직히 말하자면 늘어진 귀와 나는 그 기술을 시도하기가 두려웠다.

우리가 술래가 되면 깨진 이빨은 나무의 높이 솟은 가지 꼭대기까지 도망갔다. 그 가지의 끝은 땅에서 족히 21미터는 떨어져 있었고, 그 거리 사이에 거치적거리는 것은 아무것도 없었다. 하지만 꼭대기에서 아래로 6미터쯤 내려가다 보면 다른 나무의 두꺼운 가지가 직각을 이루며 5미터 정도 뻗어 있었다.

우리가 깨진 이빨이 도망친 가지로 뒤쫓아가면, 우리를 마주보면서 깨진 이빨은 가지를 흔들었다. 그래서 우리는 녀석에게 다가갈 수가 없었다. 녀석이 가지를 흔드는 데는 또 다른 이유도 있었다. 뛰어내리기 위해 자신의 등으로 나뭇가지를 흔들어댄 것이다. 우리가 녀석 가까이로 거의 다가갈 때쯤이면 그는 그 가지에서 뛰어내린다. 그가 흔들던 가지는 마치 스프링보드와 같았다. 깨진 이빨이 뛰어내리려 할 때 가지는 그를 저 멀리 뒤쪽으로 날려 보냈다. 그리고 그렇게 떨어지면서 깨진 이빨은 허공에서 몸을 옆으로 돌려 자신이 착륙할 다른 가지를 바라보았다. 이 나뭇가지는 깨진 이빨이 안착할 때 생기는 충격으로 한참을 휘어지고, 때로는 불길하게 우지직거리는 소리를 내기도 했다. 그러나 결코 부러지는 법이 없어서, 가지의 나뭇잎 사이로 우리를 올려다보며 승리의 미소를 짓는 깨진 이빨의 얼굴을 우리는 언제나 볼 수 있었다.

마지막으로 깨진 이빨이 미끄러지기 기술을 시도했을 때는 내가 술래였다. 그는 가지의 끝으로 도망가서 가지를 흔들기 시작했다. 나는 그의 뒤를 쫓아 기어올라가고 있었다. 그런데 그때 늘어진 귀가 경계를 의미하는 나지막한 울음소리를 냈다. 내려다보니 나무 몸통에 몸을 바싹댄 채 웅크리고 있는 늘어진 귀가 보였다. 본능적으로 나는 올라타고 있던 두꺼운 나뭇가지로 몸을 밀착시켰다. 깨진 이빨은 가지를 흔드는 것을 멈추었다. 그런데 그 나뭇가지가 멈추지 않았다. 그래서 깨진 이빨의 몸은 흔들거리는 가지와 함께 계속해서 위아래로 휙휙 움직였다.

그 순간 마른 잔가지가 부러지는 소리가 났다. 아래를 내려다보던 나는 난생 처음으로 불부족 사람을 보게 되었다. 그는 바닥을 몰래 기어와 우리가 있는 나무를 올려다보고 있었다. 처음에 나는 그가 야생동물인 줄 알았다. 허리와 어깨에 누덕누덕한 곰가죽을 걸치고 있었기 때문이다. 잠시 후 나는 그의 손발과 몸을 보다 분명히 볼 수 있었다. 몸에 털이 적고 발이 우리처럼 손과 닮지 않았다는 것만 빼면 우리 무리와 아주 흡

사해 보였다. 나중에 알게 된 사실이지만, 우리 무리가 나무부족보다 털이 없는 것처럼, 그와 그의 무리는 우리보다 몸에 털이 훨씬 없었다.

내가 그를 보는 순간 그것이 내게 다가왔다. 바로 수수께끼의 연기가 의미했던 북동쪽의 공포 말이다. 나는 어리둥절했다. 분명 그는 두려워할 이유가 없는 아무것도 아닌 존재였다. 붉은 눈이나, 우리 부족의 강한 이들에 비하면 그는 상대도 안 될 것 같았다. 나이가 들어 늙은 그는 피부가 쭈글쭈글했으며 얼굴에 난 털은 회색빛이었다. 게다가 한쪽 발은 심하게 절기까지 했다. 분명 우리가 그보다 더 빨리 달리고 재빨리 나무 위로 올라갈 수 있다는 데는 의심할 여지가 없었다. 그가 우리를 결코 붙잡지 못할 것은 확실했다.

그런데 그는 내가 전에 한 번도 본 적이 없었던 무언가를 들고 있었다. 바로 활과 화살이었다. 하지만 당시의 내게 화살과 활은 아무 의미가 없었다. 어떻게 내가 그 휘어진 나뭇조각 사이에 숨어 있는 죽음의 그림자를 알아볼 수 있었겠는가? 그러나 늘어진 귀는 알고 있었다. 그는 전에도 불부족을 본 적이 있었고 그들이 화살을 사용하는 고유한 방법을 알고 있었던 것이다. 불부족 사람은 늘어진 귀를 자세히 올려다보더니 나무 주위를 빙 돌았다. 그러자 늘어진 귀도 숨어 있던 가지 위에서 나무 몸통 주위를 따라 돌며 자신과 불부족 사람 사이에 언제나 나무 몸통이 놓이도록 했다.

그런데 갑자기 불부족 사람이 반대 방향으로 몸을 움직였다. 그것을 뒤늦게 눈치 챈 늘어진 귀가 황급히 방향을 바꾸긴 했지만 불부족 사람이 화살을 쏘기 전에 몸을 피하지는 못했다.

나는 화살이 위로 올라가 늘어진 귀를 맞추지 못한 채 나뭇가지를 스친 후 땅으로 떨어지는 모습을 보았다. 나는 내가 숨어 있던 더 높은 나뭇가지 위에서 즐거움에 몸을 위아래로 흔들며 춤을 추었다. 내게는 그것이 놀이였던 것이다! 마치 우리가 서로에게 물건을 던지듯 불부족 사람도 늘어진 귀에게 무언가를 던지고 있는 것처럼 보였을 뿐이다.

그 놀이는 잠시 동안 계속되었지만, 늘어진 귀는 두 번 다시 자신을 드러내지 않았다. 그러자 불부족 사람은 그를 포기했다. 나는 수평으로 뻗어 있던 내가 올라탄 나뭇가지 위로 한참 몸을 내뻗어 그를 향해 아래로 끽끽거렸다. 놀이를 계속하고 싶었던 까닭이다. 나는 그가 화살로 나를 맞춰주기를 원했다. 불부족 사람은 나를 보았지만 무시했다. 대신 아직도 나뭇가지 끝에서 어쩔 수 없이 몸을 조금씩 흔들리고 있던 깨진 이빨에게 관심을 돌렸다.

첫 번째 화살이 위로 튕겨져 날아갔다. 깨진 이빨은 놀라움

CHARLES LIVINGSTON BULL

과 고통 속에 소리를 질렀다. 화살이 목표물을 맞힌 것이다. 이렇게 되자 상황은 새로운 양상이 되었다. 나는 놀이 따위는 집어치우고 나뭇가지 위에서 벌벌 떨며 몸을 쪼그렸다. 두 번째와 세 번째 화살이 위로 솟아올랐지만 깨진 이빨을 맞추지 못한 채 나뭇잎 사이를 스쳐 포물선을 그리며 땅으로 떨어졌다.

불부족 사람은 다시 한 번 활시위를 당겼다. 그는 몇 걸음 물러나 자신의 자리를 바꾸더니 다시금 위치를 잡았다. 시위가 당겨지자 활은 위로 쌩 하며 날아갔다. 깨진 이빨이 끔찍한 비명소리를 내지르며 가지에서 아래로 떨어졌다. 나는 깨진 이빨이 팔과 다리를 뻗은 채 빙글빙글 돌며 추락하는 것을 보았다. 그의 가슴에 박힌 화살은 몸이 회전함에 따라 내 눈앞에 나타났다 사라지곤 했다.

비명을 지르며 21미터의 높이를 수직으로 떨어진 깨진 이빨은 쿵 하며 우두둑우두둑 부서지는 소리와 함께 땅에 충돌하더니 약간 튕겨져 오른 뒤 다시 아래로 떨어졌다. 그는 여전히 살아 있었다. 손과 발을 오므리며 그가 움찔거리는 것을 보았다. 나는 불부족 사람이 돌을 들고 깨진 이빨에게 달려가 그의 머리를 내리치던 장면을 기억한다. 그리고 더 이상 기억이 나지 않는다.

내가 어렸을 때 항상 여기까지 꿈을 꾸다 그 공포에 비명을 지르며 깨어나 보면 종종 어머니나 간호사가 놀랐는지 걱정하는 표정으로 침대 옆에 있었다. 그들은 내 머리를 부드럽게 어루만지며, 자신들이 옆에 있으니 어떤 것도 두려워 말라며 나를 토닥였다.

이어지는 그다음 꿈은 언제나 늘어진 귀와 내가 숲을 가로질러 도망가는 장면으로 시작한다. 불부족 사람과 깨진 이빨 그리고 비극이 일어난 나무는 사라진다. 늘어진 귀와 나는 놀라 당황한 중에도 신중히 나무 사이로 도망쳤다. 내 오른쪽 다리는 고통으로 타들어갔다. 다리를 관통하여 뚫고 나온 것은 불부족 사람의 화살이다. 살을 잡아당겨 뒤트는 화살은 엄청나게 고통스러울 뿐만 아니라 내 움직임을 방해해서 늘어진 귀를 뒤따라갈 수 없게 만들었다.

결국 나는 나무의 안전한 틈에 웅크린 채 달아나기를 포기해버렸다. 늘어진 귀는 계속해서 도망쳤다. 내가 기억하기로 나는 가장 애처로운 목소리로 그를 불렀다. 그는 멈춰서 뒤를 돌아보았다. 그러고는 나무 틈새로 기어올라 내게 돌아왔고 다리를 관통한 화살을 살펴보았다. 늘어진 귀가 화살을 빼내려 했지만 화살촉의 한쪽 끝에는 미늘이 돋아 있고, 다른 쪽으로는 새의 깃털이 달린 깃대가 있어 빼낼 수가 없었다. 게다가 엄청나게 아팠기에 나는 그를 멈추게 했다.

한동안 우리는 그곳에 웅크리고 있었다. 늘어진 귀는 도망칠 생각에 안절부절못했고 나를 걱정하면서도 끊임없이 염려 어린 눈빛으로 이쪽저쪽을 살펴보았다. 나는 조용히 신음하며 흐느꼈다. 늘어진 귀는 분명 겁먹고 있었지만 그러한 두려움에도

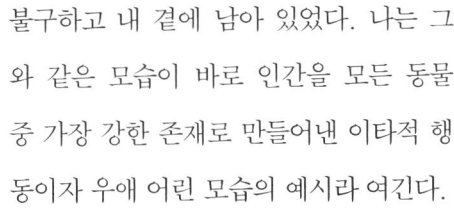

불구하고 내 곁에 남아 있었다. 나는 그와 같은 모습이 바로 인간을 모든 동물 중 가장 강한 존재로 만들어낸 이타적 행동이자 우애 어린 모습의 예시라 여긴다.

다시 한 번 늘어진 귀는 화살을 빼내려 시도했지만 내가 화를 내며 그를 말렸다. 그러자 그가 몸을 구부리더니 이빨로 화살의 깃대를 깎기 시작했다. 그러는 동안 늘어진 귀는 화살이 상처 안에서 움직이지 않도록 화살의 양 끝을 두 손으로 꽉 잡았고, 나 역시 늘어진 귀에게 꽉 달라붙었다.

나는 종종 이 장면을 곰곰이 생각해본다. 서로 경쟁하는 어린 시절을 보내고 있는 반쯤 자란 어린 두 녀석 중 하나가 다른 녀석을 구해내기 위해, 도망가고자 하는 자신의 이기적 욕망을 억누른 채 두려움을 이겨내고 있는 것이다. 바로 그때 내 눈앞에서는 미래에 대한 전조가 비쳤다. 나는 다몬과 피티아스(고대 그리스에서 목숨을 걸고 맹세를 지켜낸 두 친구―옮긴이), 인명을 구해내는 구조요원들과 적십자 간호사들, 절망적 희망을 위해 순교한 사람들과 지도자들, 다미엔 신부(전설적인 나환자 선교사, 태평양의 한 섬에서 나환자를 돕던 그는 끝내 자신도 나병에 걸려 죽었다―옮긴이) 그리고 예수 그리스도의 환영을 본다. 또한 지구상의 모든 위대한 인물들의 힘의 자취가 이 세계가 아직 초창기였던 무렵에 살던 늘어진 귀와 큰 이빨 그리고 다른 어렴풋한 이들의 몸으로 거슬러 올라감을 본다.

늘어진 귀가 마침내 활의 깃대를 부수자 깃대는 비교적 쉽게 빠져나왔다. 나는 몸을 움직였다. 하지만 이번에는 늘어진 귀가 나를 말렸다. 내 다리에서 피가 철철 흐르고 있었다. 분명 작은 혈관 몇 개가 터졌음에 틀림없었다. 한 나뭇가지의 끝으로 달려간 늘어진 귀는 푸른 잎사귀를 한 움큼 뜯어왔다. 그리고 내 상처에 그것들을 채워 넣었다. 잎사귀들이 충실히 자신들의 역할을 감당해내어 피는 곧 멈추었다. 이내 우리는 안전한 동굴이 있는 곳으로 돌아가기 위해 함께 나아갔다.

8

집을 나온 후 처음 맞은 겨울을 나는 잘 기억하고 있다. 추위 속에서 벌벌 떨며 앉아 있던 긴 꿈을 꾸곤 한다. 늘어진 귀와 나는 바짝 붙어 앉아 서로의 팔과 다리를 껴안고는 얼굴이 파랗게 질린 채 이빨을 딱딱 부딪치고 있었다. 특히나 아침이 될 때쯤이면 기온은 더 차가워졌다. 그렇게 쌀쌀한 이른 새벽, 우리는 몸이 무감각해지는 고통 속에서 해가 떠 대지를 따스하게 데우길 바라며 서로의 몸을 껴안은 채 거의 잠을 이루지 못했다.

밖으로 나가 보면 발아래로 서리가 우둑우둑 부서지고는 했다. 어느 날 아침에는 물 마시는 곳이 있는 소용돌이의 잔잔한 수면 위에서 얼음을 발견했다. 그런데 그 얼음 때문에 엄청나게

난처한 상황이 발생했다. '늙은 무릎'은 무리 중 가장 나이가 많은 자였음에도 그런 것을 본 적이 전혀 없었다. 얼음을 살펴보던 그의 눈빛에서 애처롭게 걱정하던 표정을 읽을 수 있었다. (그 애처로운 표정은 우리가 어떤 것을 이해하지 못할 때나, 어떤 애매모호하고 표현할 수 없는 욕망의 자극을 느낄 때 우리의 눈에서 언제나 비치던 것이다.) 붉은 눈 역시 그 얼음을 살펴보면서 궁색하면서도 애처로운 표정을 짓더니, 이 새로운 문제를 어떻게든 불부족 사람들과 연결시키려는 듯 강을 가로질러 북동쪽을 바라보았다.

그러나 우리는 오직 그날 아침에만 얼음을 볼 수 있었고, 그때가 바로 우리가 경험한 가장 추운 겨울날이었다. 그렇게 추웠던 겨울이 또 있었는지는 기억이 나지 않는다. 그 추웠던 겨울날은 저 멀리 북쪽의 대륙 빙하가 땅 위로 뻗어 내려옴에 따라 다가오게 될 수많은 추운 겨울의 전조였다고 나는 종종 생각하곤 한다. 우리 무리의 후손들이 남쪽으로 이주를 하거나 아니면 그대로 남아 변화된 환경에 적응하기까지 많은 세대들이 거쳐갔음이 분명하다.

우리에게 있어 삶이란 되는 대로 무작정 두는 것이었다. 미리 계획하는 일 따위는 거의 없었고, 계획에 따라 실행하는 경우는 더더욱 적었다. 우리는 배고플 때 먹고 목마를 때 물을 마셨으며, 우리를 잡아먹는 적들을 피하고 밤에는 동굴을 피난처로 삼았다. 그 외의 나머지는 그저 삶에 맞추어 지낼 뿐이었다.

우리는 호기심이 아주 많았고, 쉽게 즐거워했으며, 장난이나 속임수를 잘 부렸다. 위험에 처하거나 화가 날 때를 제외하면 진지함이라고는 찾아볼 수가 없었다. 위험과 분노의 상황도 금방 잊고 재빨리 넘어가버렸다.

우리는 일관성이 없었으며 비논리적이고 이치에 맞지 않게 행동했다. 또한 목적에 대한 확신도 없었는데, 바로 이 점에서 불부족이 우리 부족보다 앞서 있었던 것이다. 그들은 우리에게서 거의 찾아볼 수 없는 이 모든 것을 가지고 있었다. 그러나 때때로 특히 감정적인 부분에 있어 우리는 오랫동안 하나의 뜻을 품을 수 있었다. 앞서 내가 말한 일부일처 부부의 충실함은 어쩌면 습관의 문제라 설명할 수도 있다. 그러나 재빠른 것을 향한 나와 붉은 눈 사이의 사라지지 않는 적의와 더불어 나의 오랜 시간에 걸친 그녀를 향한 갈망은 그런 식으로 설명될 수가 없다.

하지만 오래전의 그 삶을 되돌아볼 때 내 마음을 특히 아프게 했던 것은 이치에 맞지 않았던 우리의 행동과 어리석음이다. 한번은 우연히 엎어져 있지 않고 바로 놓인 깨진 조롱박에 빗물이 잔뜩 고인 것을 발견했다. 물이 달콤해서 나는 그것을 마셨다. 그리고 조롱박을 개울까지 가지고 내려가 그것에 물을 더 많이 채웠다. 그 물을 좀 마시고는 나머지는 늘어진 귀에게 부어버렸다. 그러고 나서 나는 조롱박을 버렸다. 그것에다 물을 담아 내 동굴까지 가지고 오겠다는 생각은 결코 떠오르지 않았다. 종종 야생양파와 물냉이를 먹던 밤이면 나는 목이 말랐다. 그러나 물을 마시기 위해 밤에 동굴을 나갈 용기를 내지는 못했다.

또 한번은 안에서 씨가 달각달각거리는 마른 조롱박을 발견했다. 한동안 그것을 가지고 놀았지만 마른 조롱박은 장난감일 뿐 그 이상은 아니었다. 그러나 이 일이 있은 뒤 머지않아 조롱박을 사용해 물을 저장하는 것은 우리 무리가 일반적으로 행하는 습관이 되었다. 하지만 내가 그것을 발명해내지는 않았다. 그 공은 늙은 무릎에게 돌아갔는데, 그의 연륜 덕에 이러한 혁신이 일어났다고 보는 것이 옳겠다.

하여튼 무리 중 조롱박을 최초로 사용한 이는 늙은 무릎이었다. 그는 마실 물을 조롱박에 담아 자신의 동굴에 보관했는데, 이 동굴은 아들 '털 없는 놈'의 집이었다. 늙은 무릎은 동굴 한 귀퉁이를 사용했다. 우리는 늙은 무릎이 물을 마시는 곳에서 자신의 조롱박에 물을 가득 담아 동굴까지 조심스레 운반하는 모습을 보았다. 우리 무리는 남을 잘 모방해서 맨 먼저 한 명이 따라하더니 그다음에는 다른 놈, 그 뒤로 다른 녀석들이 조롱박을 마련하여 비슷한 방식으로 사용했다. 그러다 이것이 물을 저장하기 위해 우리 모두가 하게 된 일반적인 방법으로 자리

잡았다.

때때로 늙은 무릎은 아파서 동굴 밖으로 나올 수 없었다. 그럴 때면 털 없는 놈이 아버지를 위해 조롱박에 물을 채웠다. 잠시 뒤 털 없는 놈은 자신의 아들인 '긴 입술'에게 그 일을 맡겼다. 그 후 늙은 무릎이 다시 건강해졌을 때에도 긴 입술은 계속해서 할아버지를 위해 물을 길어다 날랐다. 이윽고 무리의 남자들은 특별한 상황을 제외하고는 여자들과 좀더 자란 아이들에게 물 길어오는 일을 넘기고, 자신들은 물을 전혀 나르지 않았다. 늘어진 귀와 나는 독립적으로 살고 있었다. 우리는 우리 자신을 위해 물을 길어다 날랐다. 그리고 때때로 조롱박에 물을 채우기 위해 놀지 못하고 불려 가는 어린 녀석들을 보며 놀리기도 했다.

발전은 더뎠다. 우리는 평생에 걸쳐 놀았는데 심지어 성인이 되어서도 아이들이 노는 것과 거의 같은 방식으로 놀았다. 또한 우리는 다른 동물들이 놀지 않을 때도 놀았다. 조금이나마 우리가 배운 것이 있다면 놀이를 통해서였고 그 과정에는 우리의 호기심과 예민한 이해력이 한몫했다. 바로 그 점에 있어, 내가 무리와 함께 사는 동안 일어난 한 가지 큰 발명이 조롱박을 사용한 일이다. 처음에는 늙은 무릎을 따라하여 조롱박에 물만 저장했다.

그러나 어느 날, 누구인지 기억은 나지 않지만 여자들 중 하나가 조롱박에 블랙베리를 가득 채워 자신의 동굴로 운반했다.

즉시 모든 여자들이 딸기와 나무열매 및 식물의 뿌리를 조롱박에 담아 운반하기 시작했다. 일단 발현된 이 생각은 계속 발전되었다. 딸기를 구하러 나간 여자들 덕분에 다른 모양의 그릇도 발견하게 되었다. 의심의 여지없이 여자들이 가져온 조롱박은 너무나 작았고, 심지어 자신의 조롱박을 잊고 온 경우도 있었다. 그러면 들고 온 조롱박은 놔두고, 두 장의 큰 잎사귀를 한데 구부리고 잔가지로 틈새를 메운 뒤 딸기를 담아 집으로 가지고 왔다. 잎사귀 그릇에는 가장 큰 조롱박에 담을 수 있는 것보다 더 많은 양의 딸기가 들어갔다.

여기까지가 내가 무리와 함께 살던 세월 동안 필요한 것들을 운반하기 위해 우리가 이룬 것들이다. 하지만 버드나무의 가는 가지로 광주리를 엮어보겠다는 생각은 그 누구도 하지 못했다. 때때로 사람들이 양치식물과 잔가지 뭉치를 동굴로 가져와 거친 덩굴로 동여매 잠자리를 만들기는 했다. 아마 열 또는 스무 세대가 지났다면 광주리를 짜는 데까지 이르렀을지도 모른다. 이러한 점에 관해 한 가지 분명한 것이 있다. 만약 우리가 버드나무의 잔가지를 광주리로 엮어내기만 했다면 그다음의 필연적 단계는 옷을 짜는 것이었으리라. 그렇게 옷이 생기고, 우리의 벌거벗은 몸을 가리게 되면서 정숙함도 생겨났을 것이다.

그리하여 이 세계의 초창기에 탄력이 붙는다. 하지만 우리에게는 이러한 탄력이 없었다. 우리는 막 시작하는 무렵이었고, 단 하나의 세대만으로 그렇게 멀리까지 나아갈 수는 없었다.

우리에게는 무기도 없었고, 불도 없었으며, 언어란 것도 갓 등장하였다. 글쓰기의 도구는 이로부터 너무나 먼 미래에 나타난 도구여서, 그런 생각을 해보면 아찔해진다.

한번은 나도 위대한 발견을 할 뻔했다. 그 시절, 발전이란 것이 얼마나 우연히 일어났는지 당신들에게 보여주고 싶으니, 늘어진 귀의 식욕만 아니었으면 내가 개를 길들이는 데 성공했을지도 모를 이 이야기를 해보겠다. 당시 개를 길들이는 것은 북동쪽에 살던 불부족도 아직 이루어내지 못한 일이었다. 그들에게는 개가 없었다. 나는 이를 관찰을 통해 알게 되었다. 그러나 일단 늘어진 귀의 식욕이 우리의 사회적 진보를 여러 세대 뒤로 퇴보하게 만든 사연을 당신들에게 이야기해주겠다.

우리의 동굴에서 서쪽으로 한참을 가면 거대한 늪지가 있었다. 그러나 남쪽으로 내려가면 나지막한 바위 언덕이 뻗어 있었다. 우리는 두 가지 연유로 그곳에 자주 가지 않았다. 첫째는 우리가 먹는 종류의 음식이 없었던 까닭이고, 둘째 이유는 그 바위 언덕들이 육식 동물들의 은신처로 가득 차 있었기 때문이다.

그러나 어느 날 늘어진 귀와 나는 그 언덕까지 헤매게 되었다. 우리가 호랑이 한 마리를 놀리지 않았다면 그곳까지 가서 헤매게 되지는 않았을 것이다. 부디 웃지는 말아달라. 그 호랑이는 바로 늙은 칼송곳니였다. 우리는 더할 나위 없이 안전했다. 아침 일찍 숲에서 녀석을 우연히 마주친 우리는 녀석의 머리 위 나뭇가지에 안전하게 몸을 숨긴 채 놈을 향해 우리의 혐오와 증오를 수다스럽게 재잘거렸다. 그리고 숲에 사는 모든 이들에게 늙은 칼송곳니가 다가오고 있다는 경고를 나타내는 무시무시한 소리를 내지르며, 가지에서 가지로, 나무에서 나무로 칼송곳니의 머리 위에서 그놈을 쫓아갔다.

어쨌든 우리는 녀석의 사냥을 망쳐버렸다. 그로 인해 우리는 녀석을 아주 화나도록 만들었다. 놈이 우리를 향해 으르렁거리며 꼬리를 휘둘러대더니 가끔은 멈춰 서서 우리를 한동안 조용히 쏘아보았다. 마치 마음속으로 우리를 잡을 방법을 곰곰이 생각하는 듯 말이다. 그러나 우리는 그 모습을 비웃으며 잔가지와 나뭇가지 끝부분을 꺾어 던져댔다.

이렇게 호랑이를 약 올리는 짓은 무리 사이에서 흔한 놀이거리였다. 이따금 무리의 절반이나 되는 이들이 대낮에 어슬렁거리는 호랑이나 사자의 머리 위에서 놈들을 쫓아다니기도 했다. 그것은 우리의 복수였다. 무리 중 한 명 이상이 돌연 녀석들에게 잡혀 그들의 뱃속으로 사라져갔다. 또한 무력하고 수치스럽고, 괴로운 체험을 겪게 하면서 놈들이 어느 정도는 우리의 영역을 침범하지 못하도록 가르쳤다. 물론 그것은 재미있었다. 아주 근사한 놀이였던 것이다.

그래서 늘어진 귀와 나는 숲을 5킬로미터나 가로질러 칼송곳니를 뒤쫓았다. 결국 녀석이 꼬리를 두 발 사이에 넣은 채 흠씬 두들겨 맞은 똥개마냥 우리의 조롱으로부터 도망쳤다. 우리는 놈에게 따라붙고자 최선을 다했다.
하지만 숲의 가장자리에 다다
르자 녀석은 저 멀리 희미한
모습으로 점점이 사라져갔다.

호기심 때문이 아니라면 도대체 무엇이 우리를 자극했는지
모르겠지만, 잠시 뛰어놀던 늘어진 귀와 나는 들판을 가로질러
바위 언덕의 가장자리로 나아가는 모험을 시도했다. 물론 그리
멀리 나아가지는 않았다. 아마도 숲에서 90미터 정도 떨어진
곳까지 순식간에 이르렀을 것이다. 바위로 이루어진 날카로운
모퉁이를 돌자마자(우리는 매우 조심하며 나아갔는데, 무엇과 마주
칠지 몰랐기 때문이다) 햇볕 속에서 놀고 있는 세 마리의 강아지
와 마주치게 되었다.

녀석들은 우리를 보지 못했다. 우리는 잠시 동안 녀석들을
지켜보았다. 그놈들은 들개였다. 바위로 이루어진 절벽에 수평
으로 갈라진 틈이 있었는데 분명 녀석들의 어미가 그들을 놓아
둔 은신처였다. 만약 강아지들이 어미의 말을 잘 들었다면 녀
석들은 그곳에서만 머물러 있었을 것이다. 하지만 늘어진 귀와
내 안에서 자라나는 생명력이 우리를 충동해 숲에서 떨어진 곳
까지 모험을 해보도록 한 것처럼, 그 강아지들 역시 그러한 힘
에 의해 굴 밖으로 나와 장난을 치고 있었던 것이다. 녀석들의
어미가 이 모습을 보게 된다면 어떤 벌을 줄지 상상이 간다.

그러나 늘어진 귀와 내가 먼저 녀석들을 보았다. 늘어진 귀

가 나를 바라보았고 우리는 그들을
향해 돌진했다. 강아지들은 갈라진
틈 말고는 숨어 들어갈 곳을 알지
못했다. 그래서 우리는 그들보다
앞서 나갔다. 한 마리가 내 다리 사
이로 뛰어 들어왔다. 나는 쭈그리
고 앉아 녀석을 잡았다. 놈은 날카
롭고 조그마한 이빨로 내 팔을 물
었고 나는 갑작스러운 아픔과 놀라
움에 놈을 떨어뜨렸다. 그러자 녀
석은 곧장 안으로 허둥지둥 들어
가버렸다.

두 번째 강아지와 씨름
하고 있던 늘어진 귀는 나
를 향해 얼굴을 찡그리더니 바보같이 실수나 일삼는 녀석이란
뜻이 담긴 다양한 소리를 냈다. 이 소리에 부끄러워진 나는 다
시 한 번 용기를 냈다. 그러고는 남아 있던 강아지의 꼬리를 잡
았다. 녀석 역시 이빨로 나를 물었지만 나는 놈의 목덜미를 잡
아버렸다. 늘어진 귀와 나는 주저앉아 강아지를 위로 치켜들고
는 녀석들을 바라보며 웃었다.

강아지들은 으르렁거리고 깽깽거리며 울어댔다. 늘어진 귀
가 갑자기 몸을 움직였다. 무슨 소리를 들었다고 생각한 것이

다. 우리는 곧 우리가 처한 위험을 깨달았고 두려움 속에 서로를 바라보았다. 동물들을 미친 듯이 사나운 악마로 만들어놓는 한 가지가 있다면, 바로 그들의 새끼에 함부로 손대는 것이리라. 시끄럽게 울부짖는 강아지들은 들개의 새끼들이었다. 떼지어 다니며 초식동물들을 위협하는 들개들에 관해 우리는 잘 알고 있었다. 녀석들이 소나 들소 무리의 뒤를 따라다니다가 송아지나, 나이든 것, 아픈 것들을 잡아채는 광경을 본 적이 있다. 적어도 한 번 이상 녀석들에게 쫓기기도 했다. 무리 중 한 여자가 놈들에게 쫓기다 숲의 피난처를 코앞에 두고 잡히는 모습도 보았다. 달리기로 인해 지치지만 않았어도 그녀는 나무 위로 피신해 무사했을지도 모른다. 그녀는 나무 위로 올라가려 애썼지만 미끄러져 떨어지고 말았다. 들개들은 그녀를 재빨리 해치웠다.

늘어진 귀와 내가 위험을 감지하고 두려움 속에서 서로를 바라본 지 1분도 채 안 되어, 우리는 수확물을 단단히 붙잡고서 숲을 향해 달렸다. 일단 키 큰 나무의 안전한 곳으로 피신한 우리는 다시 강아지들을 위로 들어올리며 웃어댔다. 당신들도 알다시피 우리는 무슨 일이 생기든지 웃음을 삼키지 않았다.

그 후 내가 여태껏 시도했던 일들 중 가장 어려운 도전이 시작되었다. 우리는 강아지를 동굴로 가져가기 시작했다. 나무를 오르는 데 손을 사용해야 했지만 꿈틀거리는 그놈을 잡고 있어야 했기에 그마저도 쉽지 않았다. 한번은 땅으로 걸어가려고

CHARLES LIVINGSTON BULL.

시도해보았지만 끔찍한 하이에나가 우리를 다시 나무 위로 내몰았다. 녀석은 아래에서 우리를 따라오고 있었던 것이다. 놈은 영리한 하이에나였다.

늘어진 귀가 좋은 생각을 해냈다. 그는 잠자리를 위해 우리가 동굴로 잎사귀를 묶어 가져왔었던 방법을 기억해냈다. 거친 줄기를 꺾어내더니 자기가 가지고 있던 강아지의 네 다리를 묶은 후, 또 다른 덩굴을 자신의 목에 둘러 강아지를 등에 걸어 메었다. 이렇게 하자 그는 자유롭게 팔다리를 움직여 오르내릴 수 있게 되었다. 늘어진 귀는 기쁨에 넘친 나머지 내가 강아지 다리를 묶는 것을 기다리지도 않고 움직이기 시작했다. 그러나 한 가지 어려운 점이 생겼다. 늘어진 귀의 강아지가 등에 잠자코 매달려 있지 않았던 것이다. 옆으로 매달린 강아지는 나중에 앞으로 매달렸다. 강아지의 입이 묶여 있지 않아 앞으로 매달린 강아지가 그다음으로 한 일은 늘어진 귀의 부드럽게 드러나 있는 배를 자신의 이빨로 물어뜯는 것이었다. 늘어진 귀는 비명소리를 내지르며 나무에서 거의 떨어질 뻔하다가 두 손으로 가지를 거칠게 쥐어 잡아 겨우 위기를 넘겼다. 그런데 늘어진 귀의 목에 걸려 있던 덩굴이 끊어져버려 네 다리가 묶여 있던 강아지는 땅으로 떨어지고 말았다. 하이에나가 녀석을 잡아먹기 위해 앞으로 나왔다.

늘어진 귀는 역겨워하며 화를 냈다. 그는 하이에나에게 욕을 해대더니 홀로 나무 사이로 사라져버렸다. 강아지를 꼭 동굴로 가져가고 싶었던 내 첫 마음이 좀 사그라졌다. 딱히 강아지 녀석을 데려갈 마음이 없어진 것이다. 하지만 나는 내 임무에 충실했다. 늘어진 귀의 생각을 좀더 정교하게 발전시켜 훨씬 더 쉽게 강아지를 매달고 갈 수 있게 만들었다. 강아지의 다리만 묶은 것이 아니라 녀석의 턱 사이로 막대기를 끼어 넣어 단단히 그 둘레를 묶어버렸다.

마침내 나는 강아지를 집까지 가져갔다. 내가 상상하기에 나는 무리의 다른 동료들보다 더욱 끈질긴 면이 있었던 것 같다. 그렇지 않았다면 녀석을 집까지 옮기는 일을 성공하지 못했을 것이다. 다른 이들은 내가 강아지를 높은 곳에 있는 나의 작은 동굴로 질질 끌고 올라가는 것을 보고 비웃어댔지만, 전혀 신경 쓰지 않았다. 내 노력은 성공의 왕관을 받게 되었고 마침내 애완동물이 생겼다. 강아지는 남들에게는 없는 장난감이었다. 녀석은 빠르게 배워나갔다. 녀석이 놀면서 나를 깨물면, 나는 녀석의 귀싸대기를 때린다. 그러면 한동안은 나를 다시 물 생각은 하지 않았다.

나는 꽤 녀석에게 빠져 있었다. 녀석은 새로운 것이었고, 새로운 것을 좋아하는 성격은 우리 무리의 특징이었다. 내가 보니 녀석은 과일과 채소를 먹지 않았다. 그래서 나는 녀석을 위해 새, 다람쥐, 어린 토끼를 잡아다 주었다. (우리 무리는 채소뿐 아니라 고기도 먹었고 자그마한 사냥감을 잡는 데도 숙달되어 있었다.) 강아지는 고기를 먹고 튼튼하게 자랐다. 생각해보니 녀석을 일주일 넘게 데리고 있었음에 틀림없다. 그러던 어느 날 갓 부화한 꿩들로 가득한 둥지를 가지고 동굴로 돌아와 보니 늘어진 귀가 강아지를 죽여서 막 먹으려던 참이었다. 나는 늘어진 귀에게 달려들었다―동굴은 작았다―그리고 우리는 이빨로 물어뜯고 손톱으로 할퀴며 싸웠다.

그리하여 개를 길들이고자 한 최초의 시도 중 하나가 싸움 속에서 끝나게 된 것이다. 우리는 서로의 털을 한 움큼이나 뽑아내고 할퀴었으며 깨물고 후벼댔다. 그런 후 곧 화해를 했다. 그다음에는 강아지를 함께 먹었다. 날것으로? 물론이다. 그때만 해도 불이 아직 발견되지 않았다. 동물을 요리해서 먹을 수 있는 혁명은 여전히 단단히 말려 있는 미래의 두루마리 속에 숨어 있었으니까.

9

붉은 눈은 격세유전의 소유자였다. 우리 무리에 가장 어울리지 않는 존재인 그는 우리 중 그 누구보다 더 원시적이었다. 그는 우리에게 속하지 않았지만, 우리는 아직도 너무나 원시적이어서 그를 죽이거나 무리에서 쫓아낼 만큼 충분히 협동적으로 움직일 수 없었다. 물론 우리의 사회적 구성이 조잡하기는 했어도, 그럼에도 불구하고 그는 그런 사회 속에서 살기에는 너무나 야만적이었다. 그는 언제나 자신의 반사회적 행동으로 무리를 파괴하려 했다. 참으로 덜 발달된 그의 유전적 성향은 인간이 되는 과정에 있던 우리 무리보다 나무부족의 무리에 더 어울렸다.

우리에게 잔인하기 그지없는 괴물로 통했던 그는 아주 심각

한 문젯거리였다. 그는 자신의 아내들을 구타했다. 한 번에 한 명 이상의 아내를 둔 것은 아니었고 여러 번 결혼을 했다. 어떤 여자라도 그와 제대로 살기란 불가능해 보였지만, 붉은 눈의 강요로 말미암아 그와 함께 살 수밖에 없었다. 그에게 반항하는 이는 없었다. 아무도 그에게 대항할 만큼 강하지 못했던 것이다.

종종 나는 어스름이 밀려오기 전 고요한 때의 영상을 보곤한다. 물 마시는 곳과 당근밭이 있는 땅, 블루베리가 있는 늪지로부터 무리가 동굴 앞 빈터로 떼를 지어 돌아온다. 그들은 감히 이 시각보다 더 늦게까지 어물쩍거리지 못한다. 무시무시한 어둠이 다가오기 때문이다. 그 어둠 속에서 인류의 조상들이 바들바들 떨며 동굴에 숨어 있는 동안 세계는 육식동물의 잔혹한 살육이 넘쳐나는 사냥터로 변하고 만다.

그러나 동굴로 올라가기 전 약 몇 분 동안의 여유가 우리에게 주어진다. 놀면서 하루를 보내느라 지쳐 있던 우리의 목소리는 나지막하다. 심지어 여전히 재미와 익살거리에 굶주린 어린 녀석들도 조심스레 장난을 친다. 바다에서 불어오는 바람은 잠잠해지고, 그림자가 기울어가는 태양의 마지막 빛으로 길어진다. 그런데 갑자기 그때, 붉은 눈의 동굴에서 미친 듯한 비명소리와 마구 때리는 소리가 들렸다. 그가 아내를 구타하고 있는 것이다.

처음에는 놀라움에 휩싸인 정적이 우리를 덮었다. 그러나 때리는 소리와 비명소리가 계속됨에 따라 우리는 어찌할 수 없는 분노 속에 미친 듯이 끽끽거리기 시작했다. 사내들은 붉은 눈의 행동에 분개하면서도 그를 너무나 두려워했다. 밀려드는 어스름 속에 우리끼리 끽끽거리는 동안 구타가 멈추었고 낮은 신음소리도 잦아들었다.

주변에 일어나는 일 대부분을 우스갯소리로 생각하는 우리
였지만 붉은 눈이 자기 아내를 구타하는 동안은 아무도 웃지
않았다. 그 여자들에게 일어난 비극을 우리는 너무나 잘 알고
있었다. 아침에 그것도 여러 번, 절벽 아래쪽에서 최근까지만
해도 붉은 눈의 아내였던 이들의 시체를 발견하고는 했다. 그
는 아내가 죽으면 자신의 동굴 입구에서 절벽 아래로 시체를
던져버렸다. 결코 죽은 아내를 묻어주는 법이 없었다. 시체를
치우는 일은 우리가 맡아야 했다. 그러지 않으면 우리의 거주
지는 오염되었을 것이다. 우리는 대개 가장 최근에 이용한 물
마시는 곳 아래 강에다 시체를 던져버렸다.

　붉은 눈은 아내만 죽인 것이 아니다. 그는 아내를 얻기 위해
서 살인도 저질렀다. 새 아내가 얻고 싶어 다른 남자의 아내를
일단 고르면, 붉은 눈은 즉시 그 사내를 죽여버렸다. 이런 경우
를 두 번씩이나 내 두 눈으로 직접 보았다. 무리의 모든 이들이
이 사실을 알고 있었지만 할 수 있는 일은 없었다. 말하자면 우
리 무리에는 정부 같은 조직이 형성되어 있지 않았다. 물론 특
정한 관습이 있어서 이를 어기는 자들에게 벌을 내리기는 했
다. 예를 들어 물 마시는 곳을 더럽히는 자는 주위에 있던 이들
이 일제히 공격했고, 일부러 잘못된 경고의 소리를 내는 자는
모두의 손으로 거칠게 벌을 주었다. 그러나 붉은 눈은 우리의
모든 관습을 무시한 채 포악하게 행동했고, 우리는 그를 너무
나 두려워한 나머지 처벌을 위해 필요한 집단행동을 할 수가

없었다.

우리의 몸이 자라고 있다는 사실을 늘어진 귀와 내가 알아차린 것은 동굴에서의 여섯 번째 겨울을 보내던 때였다. 애초부터 동굴의 입구인 좁은 틈으로 들어가기 위해서는 몸을 쑤셔 넣어야만 했다. 그래도 이런 곳에 사는 데에는 장점이 있었다. 우리보다 덩치 큰 무리가 우리 동굴을 차지할 수 없었던 것이다. 우리 동굴은 무리의 사람들이 가장 탐내는 보금자리였는데, 절벽의 가장 높은 곳에 있어 안전하기도 했거니와 크기도 제일 작아 겨울에는 가장 따스했다.

우리 무리의 정신적 발단 단계에 관해 설명할 필요가 있을 듯하다. 사실 동굴을 빼앗길 원한다면 간단하게 우리를 내쫓고 동굴 입구의 좁은 틈을 넓히면 됐을 것이다. 하지만 무리 중 그 누구도 이런 생각을 하지 못했다. 늘어진 귀와 나도 그런 생각을 하지 못하다가 둘 다 덩치가 자꾸 커지는 바람에 어쩔 수 없이 동굴의 입구를 넓히게 되었다. 이는 평화로운 어느 여름날 좋은 먹잇감에 우리가 통통하게 살이 올랐을 때의 일이다. 좋은 생각 하나가 홀연히 머릿속에 스쳤고 우리는 이내 동굴 입구를 넓히는 작업을 시작했다.

처음에는 손가락으로 부서지는 바윗돌을 손톱이 쓰라릴 때까지 파냈다. 그러다 갑자기 나뭇조각을 사용해 바위를 긁으면 되겠다는 생각이 우연히 떠올랐다. 이렇게 하니 일이 잘되었다. 하지만 그것은 화를 불러왔다. 어느 이른 아침, 우리는 벽

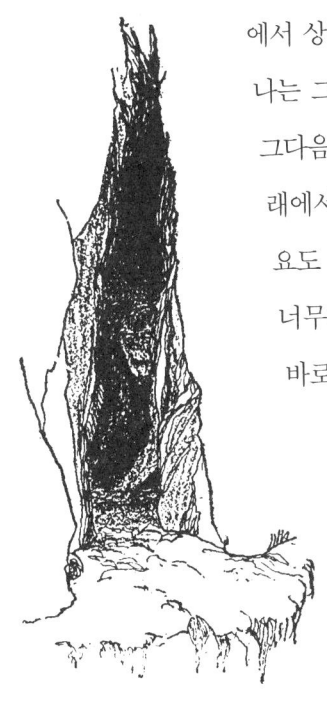

에서 상당한 양의 돌부스러기를 긁어냈고, 나는 그것들을 동굴 밖으로 버렸다. 바로 그다음 순간 화가 나 울부짖는 소리가 아래에서 울려 퍼졌다. 밑을 내려다볼 필요도 없었다. 우리는 그 소리의 주인을 너무나 잘 알고 있었다. 돌부스러기가 바로 붉은 눈에게 떨어져버린 것이다.

우리는 깜짝 놀라 동굴 속에서 웅크리고 말았다. 잠시 후 붉은 눈이 우리가 있는 동굴의 입구로 다가와 악마와 같이 분노하며 벌겋게 충혈된 눈으로 우리를 자세히 들여다보았다. 하지만 그는 너무나 덩치가 컸다. 그래서 동굴 안으로 들어올 수가 없었다. 갑자기 그가 가버렸다. 수상했다. 우리 부족의 성질상 그 자리에 남아 화를 내야 마땅한데 말이다. 나는 입구로 기어 나가 아래를 물끄러미 내려다보았다. 붉은 눈이 막 절벽을 다시 기어오르려던 참이었다. 한 손에는 긴 막대기가 들려 있었다. 그의 계획이 무엇인지 우리가 간파하기도 전에 동굴 입구로 돌아온 붉은 눈은 막대기로 우리를 사정없이 쑤셔댔다.

그의 찔러대는 솜씨는 엄청났다. 그렇게 쑤셔댔다가는 우리의 배가 갈라질 듯싶었다. 우리는 벽 옆쪽으로 몸을 움츠려 피했는데 거기서는 간신히 막대기에 닿지 않았다. 하지만 붉은 눈이 워낙 무지막지하게 막대기를 찔러댄 탓에, 이따금씩 잔인하게 할퀴어대는 막대기의 끝에 가죽이며 털이 찔려 긁혀 나갔다. 상처에 아파 우리가 비명을 지르면 붉은 눈 역시 만족감에 소리를 지르며 더 열심히 쑤셔댔다.

나는 화가 나기 시작했다. 그 당시 나는 성깔도 있는 데다가 비록 구석에 몰린 쥐의 용기일망정 상당히 용감하기까지 했다. 나는 두 손으로 막대기를 잡았다. 하지만 붉은 눈의 힘이 엄청 났기에 녀석 쪽으로 홱 끌려갔다. 그는 나를 잡기 위해 긴 팔을 뻗었다. 그의 손아귀에서 벗어나려고 내가 뒤로 튀어 올라 벽 옆쪽의 비교적 안전한 위치로 몸을 피했을 때 그의 손톱이 내 살점을 찢어냈다.

그가 다시 막대기를 쑤셔대며 공격했을 때 어깨를 맞는 바람에 너무나 아팠다. 늘어진 귀는 두려움에 몸을 떨면서 맞을 때마다 비명을 지르는 일 말고는 아무것도 하지 못했다. 나는 붉은 눈에 맞서 찌르기 위해 막대기를 찾았지만 지름 3센티미터 두께에 길이 30센티미터 정도밖에 되지 않는 나뭇가지 끝부분만 보일 뿐이었다. 나는 그것을 붉은 눈에게 던졌다. 상처는 내지 못했어도 내가 감히 자신에게 되받아쳤다는 것만으로도 붉은 눈은 갑작스레 분노가 치솟는지 소리를 질러댔다. 그러고는 미친 듯이 우리를 찔러대기 시작했다. 나는 돌부스러기를 찾아서는 그것을 던져 그의 가슴을 맞추었다.

그러자 용기가 생겼다. 또한 이제는 붉은 눈만큼 나도 화가 나 있었기 때문에 모든 두려움을 잊어버렸다. 나는 벽에서 돌을 떼어냈다. 그 무게는 아마도 1킬로그램 남짓 되었음에 분명하다. 나는 붉은 눈의 얼굴 한가운데로 그것을 있는 힘껏 집어던졌다. 돌을 맞은 그는 거의 죽을 뻔했다. 막대기를 떨어뜨린 채 뒤로 비틀거리며 물러서더니 절벽에서 떨어질 뻔한 것이다.

그의 모습은 무시무시했다. 피범벅이 된 얼굴로 야생 멧돼지처럼 으르렁거리며 송곳니를 갈아대던 그 모습. 눈에서 피를 닦아낸 그는 나를 찾더니 분노로 울부짖었다. 떨어뜨린 막대기를 대신해 이번에는 부스러지고 있는 바위에서 큰 돌덩이를 떼어내어 나를 향해 동굴 안으로 집어던졌다. 이것이 오히려 내게는 무기가 되었다. 나는 그가 던져 넣은 만큼 되돌려주었고 심지어 더 많이 밖으로 던져댔다. 왜냐하면 나는 옆쪽 벽에 바짝 달라붙어 있어 살짝살짝 보이는 반면 그는 겨냥하기 좋은 위치에 있었기 때문이다.

갑자기 그가 다시 사라졌다. 나는 동굴의 가장자리로 가 그가 아래로 내려가는 것을 보았다. 밖에는 무리가 모여서 놀라움에 가득 찬 침묵 가운데 붉은 눈을 계속 지켜보고 있었다. 그가 아래쪽으로 내려가자 소심한 녀석들은 자신의 동굴로 허둥지둥 들어가버렸다. 자신이 할 수 있는 한 가장 빠르게 비칠비칠 걸어가는 늙은 무릎의 모습도 보였다.

붉은 눈은 절벽에서 허공으로 뛰어 올라 남은 6미터를 뛰어

내려갔다. 그는 막 절벽을 오르려 하던 한 어미 옆에 발을 디뎠다. 그녀는 놀라움에 비명을 질렀고 어미에게 매달려 있던 두 살배기 아이는 손을 놓쳐 붉은 눈의 발아래로 굴러 떨어졌다. 붉은 눈과 어미 모두 아이를 향해 손을 뻗었지만 붉은 눈이 아이를 잡았다. 다음 순간 그 연약한 작은 몸은 공중으로 던져지더니 벽에 부딪쳐 박살이 나고 말았다. 어미가 아이를 향해 달려가 자신의 품 안으로 그것을 들어 안았다. 그러고는 웅크리고 앉아 울부짖었다.

붉은 눈은 막대기를 찾아 처음부터 다시 시작했다. 늙은 무릎은 여전히 비칠비칠 도망치고 있었다. 붉은 눈의 거대한 손이 앞으로 쭉 뻗치더니 늙은 무릎의 뒷덜미를 잡아쥐었다. 나는 그의 목이 부러지는 것을 보았다. 늙은 무릎이 자신의 운명에 항복했을 때 그의 몸은 흐느적거렸다. 붉은 눈이 한순간 주저하자, 늙은 무릎은 엄청나게 몸을 떨면서 고개를 숙이고 팔을 접어 자신의 얼굴을 가렸다. 그러자 붉은 눈은 늙은 무릎의 얼굴이 땅을 향하도록 그를 내동댕이쳤다. 늙은 무릎은 발버둥치지 않았다. 그는 죽음의 두려움 속에 울부짖으며 그 자리에 쓰러졌다. 나는 털 없는 놈이 빈터에서 털을 곤두세운 채 자신의 가슴을 두드리는 광경도 보았다. 그러나 그는 두려운 나머지 앞으로 나오지 못했다. 자신의 변덕스러운 기분에 따라 늙은 무릎을 홀로 내버려 둔 붉은 눈은 그를 지나쳐 막대기를 다시 주워들었다.

그는 절벽으로 돌아와 다시 기어오르기 시작했다. 바들바들 떨면서 내 옆에서 지켜보고 있던 늘어진 귀는 동굴 안으로 급히 숨었다. 붉은 눈은 우리를 죽이려고 결심한 것이 분명했다. 나는 절망적이었고 화가 났지만 상당히 침착하게, 가까이 튀어나온 바위를 앞뒤로 뛰어다니며 동굴 입구에다 바위 무더기를 쌓아놓았다.

이제 붉은 눈은 내 아래로 6~7미터 정도 가까이 다가왔는데 밖으로 튀어나온 벼랑에 잠시 가렸다. 그가 올라섰는지 그의 머리가 내 시야에 들어왔다. 나는 돌을 아래로 세게 내던졌다. 돌은 붉은 눈을 맞히지 못한 채 벽에 부딪치더니 산산조각이 났다. 하지만 날아오른 먼지와 거친 돌가루가 눈에 들어가자 그는 내 시야에서 물러났다.

관중 역할을 하던 무리 속에서 킬킬거리며 웃는 소리와 재잘거리는 소리가 들렸다. 마침내 무리 중 한 명이 감히 붉은 눈에게 맞서게 된 것이었다. 다른 이들이 이에 찬동하며 환호하는 소리를 내자 붉은 눈은 그들을 향해 으르렁거렸고, 그 즉시 그들은 다시 고요히 숨을 죽였다. 자신의 힘이 강하다는 것이 증명된 데 의기양양해진 붉은 눈은 다시 내 시야 속으로 머리를 내밀었고 나를 겁주기 위해 얼굴을 찡그리며 으르렁거리면서 송곳니를 갈아댔다. 찡그린 그의 모습은 끔찍했는데, 머리 가죽은 눈썹 위까지 강하게 찌푸려져 있었고 머리털은 정수리에서 얼굴까지 뻗쳐 한 올 한 올이 벌어진 채 앞으로 곧추선 상태였다.

　그 모습에 나는 오싹했지만 곧 두려움을 다스리며 돌 하나를 잡아들고는 그가 뒤로 물러서도록 위협했다. 그는 여전히 앞으로 나오려 했다. 쥐고 있던 돌을 아래로 내던졌지만 완전히 빗나가고 말았다. 두 번째는 성공이었다. 돌은 그의 목에 맞았다. 그가 내 시야 밖으로 미끄러져나갔다. 하지만 그가 다시 모습을 보였을 때 한 손으로는 목을 움켜잡고 다른 한 손으로 절벽을 붙잡고 있음을 알 수 있었다. 막대기는 퉁탕거리며 아래로 떨어졌다.

　붉은 눈이 숨이 막혀 기침하는 소리는 들었지만 그를 볼 수는 없었다. 지켜보고 있던 관중들은 죽은 듯이 조용했다. 나는 동굴 입구에서 몸을 쭈그리고 기다렸다. 캑캑거리며 기침하는 소리가 가라앉자 이따금씩 목을 가라앉히려 내는 소리가 들렸다. 잠시 후 그는 아래로 내려가기 시작했다. 그는 매우 조용히 내려갔는데 순간순간 멈춰 서서는 목을 늘여보거나 자신의 손으로 그것을 더듬어보는 모습이었다.

　그가 내려오는 모습을 보자 무리는 일제히 거친 비명과 고함을 내지르며 숲을 향해 발을 구르며 도망쳤다. 늙은 무릎은 절뚝절뚝 비틀거리며 뒤에서 그들을 따랐다. 붉은 눈은 그들이 피하는 것을 신경 쓰지 않았다. 바닥으로 다 내려가자 벼랑 아래 언저리를 따라가더니 자신의 동굴로 올라가버렸다. 그는 단 한 번도 주위를 둘러보지 않았다.

나는 늘어진 귀를 쳐다보았다. 그도 나를 바라보았다. 우리는 서로를 이해했다. 즉시 늘어진 귀와 나는 아주 조심히 조용하게 벼랑 위로 오르기 시작했다. 꼭대기에 이르러 뒤를 돌아보았다. 우리가 살던 곳은 황량해졌다. 붉은 눈은 자신의 동굴로 들어가버렸고 다른 무리는 숲 속 깊은 곳으로 사라졌다.

우리도 방향을 틀어 달렸다. 빈터를 잽싸게 가로질러 풀밭에 있을지도 모를 뱀 따위는 신경도 쓰지 않고 숲에 다다를 때까지 비탈을 내려갔다. 그리고 숲으로 들어가서도 동굴과 수 킬로미터 떨어질 때까지 계속해서 도망쳤다. 커다란 나뭇가지에 안전하게 몸을 숨기고 나서야 우리는 멈춰 서서 서로를 바라보며 웃기 시작했다. 서로의 팔다리를 부둥켜안은 우리의 눈에서는 눈물이 흘러나왔다. 우리는 옆구리가 아플 때까지 웃고 웃으며 그렇게 또 웃었다.

10

그렇게 한참을 웃고 나서 다시 도망치기 시작한 우리는 블루베리가 있는 늪지에서 아침을 먹었다. 그곳은 내 어머니와 함께 세상 속으로 처음 여행을 했던 바로 그 늪지였다. 그동안 나는 어머니를 거의 보지 못했다. 그녀가 동굴에 사는 무리를 찾아올 때면 나는 주로 먼 숲에 있었다. 빈터에서 한두 번 의붓아버지 수다쟁이의 모습을 힐끗 보았는데 그때마다 나는 그를 향해 얼굴을 찌푸리곤 내 동굴에 숨어 그를 화나게 만드는 재미를 맛보았다. 그 정도의 정을 제외하면 나는 완전히 가족을 떠나버렸다. 가족에게는 관심도 많지 않았을뿐더러 어쨌거나 나는 혼자서도 잘해나가고 있었다.

블루베리를 다 먹고 나서는 반쯤 부화된 메추리알을 두 개의 둥지에서 찾아내 후식으로 먹었다. 그런 후 우리는 강을 향해 숲 속으로 조심스레 들어갔다. 그곳은 내 옛날 나무 둥지가 있는 곳이었다. 바로 그 나무에서 수다쟁이는 나를 땅으로 내쳤다. 여전히 나의 가족은 그곳에서 살고 있었다. 가족의 수가 늘어 있었다. 작은 아기가 내 어머니에게 단단히 매달려 있었고 낮은 나뭇가지에서 우리를 조심스럽게 바라보고 있는 어느 정도 자란 여자아이도 있었다. 그녀는 말할 필요도 없이 내 여동생, 아니 이복여동생이었다.

어머니가 나를 알아보았다. 그러나 내가 나무에 오르기 시작하자 물러서라고 경고했다. 나보다 훨씬 경계하고 있던 늘어진 귀는 꽁무니를 뺐는데 그를 설득해서 돌아오게 할 수는 없었다. 그러나 그날 오후 여동생이 땅으로 내려왔고 우리는 이웃하는 나무에서 오후 내내 함께 장난치며 뛰놀았다. 그런데 문제가 생겼다. 그녀가 내 동생이긴 했지만 나를 대하는 태도는 밉살맞았다. 그녀는 수다쟁이의 모든 심술궂음을 물려받은 듯했다. 내게로 갑자기 방향을 튼 여동생은 괜스레 화를 내더니 나를 할퀴며 털을 잡아 뜯고 아래팔을 날카로운 작은 이빨로 물었다. 나는 참을성을 잃고 말았다. 그녀를 다치게 하지는 않았지만 내 주먹은 그녀가 여태껏 맞아본 것 중 아마도 의심할 여지없이 가장 아픈 경험이었으리라.

여동생이 어찌나 소리를 지르고 울부짖던지 하루 종일 밖에 나가 있다가 막 돌아오던 수다쟁이가 그 소리를 듣고 달려왔다. 어머니도 달려왔지만 그가 먼저 도착했다. 늘어진 귀와 나는 그가 올 때까지 기다리지 않았다. 우리는 재빨리 도망쳤고 수다쟁이는 우리를 잡아 죽일 듯이 뒤쫓아왔다.

수다쟁이가 우리를 더 이상 뒤쫓지 않자 우리는 마음껏 웃어댔다. 땅거미가 내렸다. 여기서 밤을 보내야 한다는 생각에 온갖 두려움이 밀려왔지만 동굴로 다시 돌아가는 일은 상상도 할 수 없는 상황이었다. 붉은 눈이 있는 한 불가능했다. 우리는 다른 나무들과 간격을 두고 서 있는 나무 위로 몸을 피한 뒤 높은 나뭇가지에서 밤을 보냈다. 고통스러운 밤이었다. 처음 몇 시간 동안은 비가 억수로 쏟아지더니 기온이 내려가면서 차가운 바람이 불어닥쳤다. 뼛속까지 흠뻑 젖은 우리는 바들바들 떨며 이를 딱딱 부딪친 채 서로를 껴안았다. 우리의 체열만으로도 너무나 빨리 따스해지던 그 아늑하고 물기 없는 동굴이 그리웠다.

비참한 몰골로 아침을 맞은 우리는 결심했다. 또다시 그런 밤을 맞을 수는 없었다. 조상들이 만들던 나무 둥지를 기억하여 우리도 그런 보금자리를 만들기 시작했다. 거칠게나마 둥지의 뼈대를 만들고 머리 위 높은 가지에 지붕으로 삼을 몇 개의 들보도 얹어놓았다. 태양이 떠올라 온화한 빛을 비추자 우리는 지난밤의 어려움도 잊은 채 아침을 먹기 위해 나섰다. 아무런 생각 없이 살던 그 시절의 삶을 보여주듯 우리는 다시 놀기 시작했다. 이따금씩 나무 위에 보금자리를 짓느라 결국 한 달이 꼬박 걸렸다. 하지만 완성되었을 때는 더 이상 그 집을 사용하지 않았다.

그런데 내가 너무 이야기를 앞서 나갔나 보다. 동굴에서 떠난 두 번째 날 아침을 먹고 놀던 늘어진 귀는 나를 이끌어 나무 사이를 헤집고 나아가더니 강가에 이르렀다. 블루베리가 있는 늪지에서 엄청난 양의 진창이 쏟아져 나오는 곳이었다. 진창의 어귀는 꽤 넓었고 그 입구 바로 안쪽에 고여 있는 물에는 통나무들이 잔뜩 얽혀 있었다. 물의 흐름에 낡고 닳아 모래톱에서 좌초된 채 긴긴 여름을 보낸 그 나무들은 마른 나뭇가지 하나 달고 있지 않았다. 우리가 물 위에 떠 있던 통나무에 올라 무게를 실어보니 통나무는 위아래로 깐닥깐닥 움직이거나 팽그르르 굴렀다.

통나무가 얽혀 있는 이곳저곳의 틈 사이에는 아래로 물이 보였다. 그 틈으로 연준모치가 떼 지어 다니는 것처럼 작은 물고기 떼가 앞뒤로 오가는 것을 볼 수 있었다. 늘어진 귀와 나는 금세 낚시꾼이 되었다. 통나무 위에 몸을 쭉 뻗고 조용히 숨죽이고 있다가 물고기 떼가 가까이 다가오는 것을 기다린 뒤 손으로 잽싸게 잡았다. 꿈틀거리는 그 축축한 물고기들을 그 자리에서 먹어 치웠다. 싱겁다는 것도 알아차리지 못했다.

진창 어귀는 최고의 놀이터가 되었다. 우리는 매일 여기서 물고기를 잡거나 통나무 위에서 놀며 많은 시간을 보냈다. 그러던 어느 날 바로 이곳에서 항해에 대한 첫 번째 배움을 얻게 되었다. 늘어진 귀가 누워 있던 통나무가 떠내려가기 시작했다. 그는 모로 누운 채 잠들어 있었다. 가벼운 공기의 흐름 속에서 통나무는 천천히 강기슭으로부터 떠내려갔지만 그가 처한 곤경을 내가 알아차렸을 때는 이미 거리가 너무나 벌어져 강기슭으로 뛰어내릴 수도 없는 상황이었다.

처음에 나는 이 상황을 단지 우습게만 생각했다. 그러나 언제나 불안 속에 살던 그 시절 느끼던 두려움이 내 안에서 솟아나자 갑자기 외로워졌다. 그러고는 불현듯 늘어진 귀가 몇 미터 떨어진 저 이상한 물체 위에 있다는 사실을 깨닫게 되었다. 나는 그를 향해 경고의 울음소리를 크게 내질렀다. 깜짝 놀라 깨어난 늘어진 귀가 움직이는 통나무 위에서 균형을 잡느라 바둥거렸다. 통나무가 뒤집어지며 그가 물속에 빠졌다. 세 번이나 물속에 빠지고 나서야 그는 통나무 위로 올라올 수 있었다. 그는 몸을 웅크리고는 두려움에 끽끽거렸다.

나는 어떤 것도 할 수 없었다. 그도 마찬가지였다. 수영 따위는 전혀 알지 못한 우리였다. 본능적으로 수영을 할 수 있는 하위단계의 생명체에서 훨씬 더 진화한 우리였지만, 이 문제를 해결하기 위해 수영을 시도할 만큼 충분한 인간의 모습은 아직 갖추지 못한 상태였다. 나는 강둑의 위아래를 절망적으로 헤매며 내가 할 수 있는 한 가장 가까운 거리에서, 원하지도 않는 여행을 하고 있는 늘어진 귀와 간격을 맞추었다. 그러는 동안 늘어진 귀는 울부짖으며 통곡했는데, 근처에서 사냥 중인 맹수들을 우리가 있는 곳으로 불러 모으는 것은 아닌지 걱정되었다.

시간이 흘렀다. 머리 위로 솟아 오른 태양이 서쪽으로 지기 시작했다. 가벼운 바람이 잠잠해졌고 늘어진 귀는 30미터 정도 떨어진 지점에 떠 있었다. 그런데 어쩌다가, 나도 그 이유는 모르겠지만, 늘어진 귀가 위대한 발견을 했다. 손으로 물을 젓기 시작한 것이다. 처음에는 느리고 제멋대로였다. 그러다 곧 자세를 잡은 그는 열심히 젓기 시작하여 내게로 점점 더 가까이 다가왔다. 나는 이해할 수가 없었다. 그저 바닥에 주저앉아 그가 물가에 도착하기를 기다리며 지켜보고만 있었다.

하지만 늘어진 귀는 나보다 무엇인가를 더 습득했다. 그날 오후 늦게 늘어진 귀가 통나무를 타고 일부러 기슭에서 떨어져 강으로 그것을 띄웠다. 한참 후에는 같이 가자고 나를 설득했다. 이제 나 역시 물 젓는 기술을 배우게 되었다. 그 후 며칠 동안 우리는 통나무들이 모여 있는 진창 어귀에서 떠나지를 못했다. 우리는 새로운 놀이에 흠뻑 빠진 나머지 배고픈 줄도 몰랐

다. 근처의 나무에서 밤을 보내기 일쑤였다. 심지어 우리는 붉은 눈이 살아 있다는 사실도 까맣게 잊어버렸다.

우리는 언제나 새로운 통나무를 시도해보았다. 그리하여 통나무가 작으면 작을수록 더 빨리 나아갈 수 있음을 알게 되었다. 또한 통나무가 작을수록 더욱 잘 뒤집어져서 우리가 물에 빠지기도 쉽다는 사실을 깨달았다. 그러면서 여전히 작은 통나무에 관해 많은 것을 배워나갔다. 하루는 각자 통나무를 타고 나란히 물을 저었다. 그렇게 놀다가 정말 우연히 손과 발로 서로의 통나무를 잡으면 통나무가 흔들리지 않게 되어 뒤집어지지 않는다는 사실을 발견했다. 이런 자세로 나란히 누워 바깥쪽 손과 발로 자유롭게 물을 저었다. 더 나아가 우리가 마지막으로 알게 된 사실은 이런 식으로 통나무를 연결하면 더 작은 통나무를 사용할 수 있게 되고, 그러면 더 빠르게 물살을 가르며 나아갈 수 있다는 점이었다. 거기서 우리의 발견은 끝났다. 우리는 가장 원시적인 뗏목을 발명해냈지만 그 사실을 알아차릴 감각도 없었다. 거친 줄기나 단단한 뿌리로 통나무들을 함께 연결해 묶을 생각은 전혀 하지 못했다. 그저 손과 발로 통나무를 붙잡고 있는 것으로도 만족했다.

'재빠른 것'을 발견한 때는 항해를 향한 우리의 최초 열정이 비로소 사그라지고 나서였다. 잠을 자기 위해 나무 위에 지어놓았던 보금자리로 돌아왔을 때다. 우리 나무 근처 커다란 떡갈나무 가지 위에서 어린 도토리를 모으고 있던 그녀를 처음

보았다. 그녀는 매우 겁이 많았다. 처음에 그녀는 움직이지 않은 채 가만히 있었다. 그러나 자신이 발견되었다는 것을 알자 땅으로 내려와서는 미친 듯이 도망쳤다. 우리는 매일 이따금씩 재빠른 것을 얼핏 보았다. 그러다 나중에는 우리의 보금자리와 진창 어귀를 오가는 길에 그녀를 찾기 시작했다.

어느 날부터인가 그녀가 도망을 치지 않았다. 그녀는 우리가 다가오기를 기다리며 부드럽고 평화로운 소리를 냈다. 하지만 우리는 아주 가까이 다가가지는 못했다. 우리가 너무 가까이 다가갈 성싶으면 그녀는 재빨리 몸을 홱 피하여 안전한 거리를 띄어두고서 다시 그 부드러운 소리를 냈다. 이런 식으로 여러 날이 흘렀다. 그녀와 안면을 트게 된 데는 여러 날이 걸렸지만 결국 우리가 놀 때 이따금 그녀도 함께 놀게 되었다.

나는 처음 본 순간부터 그녀가 좋았다. 그녀는 누구보다도 내 기분을 좋게 하는 외모의 소유자였다. 그리고 아주 온순했다. 그녀의 눈은 내가 여태껏 본 눈들 중에서 가장 온화했다. 이 점에서 남자같이 사나운 여자로 태어난 우리 무리의 다른 여자들과는 상당히 달랐다. 그녀는 결코 사납게 화내며 울부짖지 않았는데, 문제가 생기면 남아서 싸우기보다는 도망치는 것이 그녀의 천성인 듯 보였다.

내가 앞서 말한 그 온화함은 그녀 전체에서 흘러나오는 듯했다. 얼굴 생김새뿐만 아니라 몸에서도 온화함이 풍겼다. 그녀의 눈은 대부분의 다른 여자들보다 컸고 안으로 깊이 박혀 있

지 않았다. 속눈썹은 더 길고 가지런했다. 코 또한 너무 두껍거
나 납작하지 않았다. 콧대도 꽤 솟아 있었고 콧구멍은 아래로
향해 있었다. 그녀의 앞니는 크지 않았고, 윗입술도 아래로 처
질 만큼 길지 않았으며, 아랫입술은 앞으로 튀어나와 있지 않
았다. 팔과 다리의 바깥 부분과 어깨를 가로질러 털이 나 있을
뿐이었지, 몸 전체로 봤을 때 털도 많이 없었다. 엉덩이가 작은
게 흠이라면 흠이었지만 장딴지가 굽었거나 비뚤어지지도 않
았다.

20세기 오늘날의 내 꿈을 매개로 그녀를 되돌아보면 종종 궁
금해지기도 하는데, 그녀는 아마도 불부족 사람들과 연관이 있
을 것이다. 그녀의 아버지 혹은 어머니가
더 발달된 그쪽 혈통 출신일지도 모
른다. 그런 일이 흔하지는 않았지
만 종종 일어났고 내 눈으로 직접
보기도 했는데, 우리 무리 중 몇
몇은 변절한 뒤 불부족 사람들의
무리로 가 살기도 했다.

그러나 이 모든 것은 그다지 중요하지 않다. 재빠른 것은 무
리의 여자들 중 그 어느 누구와도 완전히 달랐고 나는 처음부
터 그녀를 좋아했다. 그녀의 온순함과 부드러움이 나를 매료시
켰다. 그녀는 결코 거칠지 않았으며 절대 싸우지도 않았다. 그
리고 언제나 도망쳤다. 아마 이 점에서 그녀의 이름이 왜 재빠

른 것인지 그 이유를 알 수 있을 것이다. 그녀는 늘어진 귀나 나보다 나무를 더 잘 탔다. 우리가 술래잡기를 할 때면 사고가 없는 한 그녀를 붙잡을 수 없었는데, 그녀는 마음만 먹으면 우리를 잡을 수도 있었다. 모든 움직임에서 놀라울 정도로 재빨랐던 그녀는 거리를 재는 능력도 탁월해서 자신이 가진 대담성과 필적할 만했다. 다른 모든 일에 지나치게 겁이 많은 그녀였지만 나무 사이를 오르고 뛰어다니는 일에는 전혀 겁이 없었다. 그녀의 이런 능력에 비하면 늘어진 귀와 나는 서투르기 짝이 없었고 겁도 많았다.

그녀는 고아였다. 우리는 그녀가 누구랑 함께 있는 모습을 전혀 본 적이 없는데, 그녀가 이 세상에서 얼마나 오랫동안 혼자 살아왔는지 알 방법은 없었다. 그녀는 일찍이 자신의 비참한 어린 시절을 통해 도망치는 것이 가장 안전하다는 사실을 배웠음이 분명했다. 그녀는 아주 지혜로웠고 매우 신중했다. 그녀가 어디에 사는지를 찾는 일은 늘어진 귀와 나 사이 일종의 놀이가 되었다. 그다지 멀지 않은 곳 어디엔가 나무 둥지가 분명 있을 텐데, 그녀를 뒤쫓아봐도 결코 찾을 수가 없었다. 그녀는 낮 동안은 기꺼이 우리와 함께 놀았지만 자신이 사는 장소에 대해서만큼은 빈틈없이 비밀을 유지했다.

11

내가 좀 전에 재빠른 것에 대해 설명한 내용을 내 선사시대의 조상이자 꿈속의 다른 자아인 큰 이빨이 묘사한 것이라 생각해서는 안 된다. 그녀에 대한 묘사는 내 꿈을 매개로 하여 큰 이빨의 눈을 통해 현대의 내가 본 것이다.

마찬가지로 그 멀고 먼 시대에 일어났던 많은 일들을 이야기하는 사람은 바로 나이다. 독자들이 이해하기에는 너무나 혼란스러운 이중적 면이 내 느낌에 담겨 있다. 여기서 잠깐 멈추어 자아가 혼란스럽게 섞여 있는 이러한 이중성을 간단히 언급해야겠다. 길고 긴 시간을 가로질러 되돌아보며 내 다른 자아인 큰 이빨의 감정과 동기의 중요성을 가늠하고 분석하는 것은 바로 현재를 살고 있는 나이다. 큰 이빨은 심사숙고하거나 분석

하는 것 따위에는 신경 쓰지 않았다. 그는 그 자체로 단순했다. 자신만의 독특한, 때로는 엉뚱한 삶의 방식에 대해 한 번도 곰곰이 생각해보지 않았고 그저 삶을 살았을 뿐이다.

나이가 들어감에 따라 내 현대의 자아는 꿈의 본질에 더욱 깊숙이 들어가게 되었다. 사람은 꿈을 꾼다. 그리고 한창 꿈을 꾸고 있는 와중에 자신이 꿈을 꾸고 있다는 것을 알아차린다. 그리고 만약 나쁜 꿈을 꾸고 있다면, 그것은 그저 꿈일 뿐이라며 자신을 위로한다. 이는 우리 모두에게 흔한 공통의 경험이다. 마찬가지로 현대의 나도 종종 내 꿈속에 들어간다. 그리하여 나는 당연히 이 이상한 이중적 상태에서, 배우인 동시에 관객도 되는 것이다. 물론 원시시대의 내 자아가 지닌 어리석음과 비논리성, 우둔함, 다방면에 걸쳐 저지르는 엄청나게 바보 같은 짓 때문에 현대의 나는 불안하여 속이 탄다.

본론으로 돌아가기 전에 하나만 더 이야기하겠다. 당신이 꿈을 꾸고 있는 상황을 꿈에서 본 적이 있는가? 개도 꿈을 꾸고, 말도 꿈을 꾸며, 모든 동물이 꿈을 꾼다. 큰 이빨이 살던 시절, 반쯤 인간이 된 그들도 꿈을 꿨다. 그들은 나쁜 꿈을 꾸게 되면 잠든 상태에서 울부짖었다. 어찌 보면 오늘날의 나는 큰 이빨과 나란히 누워 그의 꿈을 꾸고 있는 것이다.

내 이야기가 인간의 지성으로 이해할 수 있는 영역을 거의 벗어나고 있다는 사실을 나도 안다. 하지만 내가 이런 일을 경험했음을 나는 분명 알고 있다. 당신들에게 허공으로 떨어지는 꿈이 생생하듯 큰 이빨에게는 날아다니고 기어다니는 꿈이 눈에 보이듯 선명했음을 말해 주고 싶다.

왜냐하면 큰 이빨도 다른 자아를 가지고 있었기 때문이다. 그래서 그가 잠들 때면 그의 또 다른 자아는 과거로 거슬러 올라가는 꿈을 꾸는데 날개 달린 파충류와 그 뒤를 이은 날도마뱀의 발현, 총총걸음으로 돌아다니는 조그마한 포유류인 설치동물과 같은 삶이 이어지고, 훨씬 이전이기는 하지만 태고의 진흙으로 덮인 바닷가로 되돌아간다. 감히 더 이상은 말할 수가 없다. 이 모든 것은 너무나 애매모호하고 복잡하면서도 끔찍하다. 나는 오로지 그러한 광범위하면서도 끔찍한 회상에 관해 당신들에게 암시만 할 뿐이다. 그 회상을 통해 나는 몽롱하게나마 유인원부터 시작되어 인간에 이르는 변화만이 아니라, 더 거슬러 올라가 벌레에서부터 시작된 생명의 발달 모습을 응시할 수 있었다.

그러면 이제 내 이야기로 돌아가자. 나 큰 이빨은 재빠른 것을 긴 속눈썹이 난 눈과 높은 콧대, 아래로 향한 콧구멍을 가진 섬세한 얼굴과 균형 잡힌 몸을 지닌, 아름다움을 위해 만들어진 창조물이라 생각하지 않았다. 나는 그저 재빠른 것을 온화한 눈을 가졌고 부드러운 소리를 내며 싸우지 않는 젊은 여자로 알 뿐이었다. 나는 그녀와 노는 것을 좋아했다. 무엇 때문인지는 모르지만 그녀와 함께 음식을 찾으러 다녔고, 그녀와 함께 새 둥지를 찾으러 다녔다. 그리고 고백할 것이 있는데 내게 나무를 타는 법을 가르쳐준 이도 바로 재빠른 것이었다. 그녀는 아주 지혜로웠고 강했으며, 어떤 거추장스러운 것도 그녀의 움직임을 방해하지 못했다.

이 무렵 늘어진 귀는 나와 사이가 약간 멀어졌다. 내 어머니가 사는 나무가 있는 방향으로 헤매는 습관이 그에게 생긴 것이다. 늘어진 귀가 내 심술궂은 여동생을 마음에 들어 했고, 수다쟁이는 이런 그를 너그럽게 봐주었다. 또한 예닐곱 명의 다른 젊은 친구들도 사귀었는데 그들은 근처 이웃에 살던 일부일처 부부들의 자식들이었다. 늘어진 귀는 이 젊은 녀석들과 잘 어울려 놀았다.

나는 재빠른 것이 그들과 어울리도록 애써보았지만 성공하지 못했다. 내가 그들을 방문하기라도 하면 그녀는 언제나 뒤에 처져서 사라져버렸다. 한번은 그녀를 설득하려고 무진장 노력했던 적이 있다. 하지만 그녀는 화가 난 눈초리를 보내며 뒤로 물러서더니 나무 위에서 나를 불렀다. 그래서 결국 새로 사귄 친구들을 만나러 가는 늘어진 귀와 항상 함께하지는 못했다. 재빠른 것과 나는 좋은 친구였다. 하지만 아무리 애를 써봐도 그녀가 자는 나무 둥지를 찾을 수는 없었다. 아무 일도 일어나지 않았다면 의심의 여지없이 우리 둘은 곧 짝을 맺었을 것이다. 우리는 서로 좋아하고 있었기 때문이다. 하지만 일이 생기고 말았다.

어느 날 아침, 재빠른 것의 모습이 보이지 않았다. 늘어진 귀와 나는 늪 입구 진창으로 내려가 통나무 위에서 놀고 있었다. 분노하여 울부짖는 소리에 우리가 놀랐을 때는 미처 물 위로 뜨기 전이었다. 그것은 붉은 눈이었다. 그는 통나무들이 엉켜 있는 곳 가장자리에 웅크리고 앉아 우리를 증오에 찬 얼굴로 노려보고 있었다. 우리는 너무나 무서웠다. 그곳에는 피신할 수 있는 좁은 입구를 가진 동굴이 없었기 때문이다. 그나마 그와 우리 사이에 놓인 6미터 정도의 물 때문에 잠깐이나마 안전할 수 있었다. 그래서 우리는 용기를 냈다.

붉은 눈이 몸을 일으켜 주먹으로 자신의 가슴을 두드리기 시작했다. 우리는 나란히 놓인 두 통나무에 앉아 그를 비웃었다. 처음에는 두려움이 깃든 건성으로 웃는 웃음이었지만, 그가 아무것도 할 수 없다는 사실을 깨달은 뒤 우리의 웃음소리는 떠들썩하게 커졌다. 붉은 눈은 치밀어 오르는 분노로 우리에게 더욱 화를 냈지만, 어쩔 수 없이 이빨만 갈고 있을 수밖에 없었다. 우리는 근거도 없는 안전함 속에서 그를 마음껏 놀려댔다. 우리 무리는 그렇게 한치 앞도 보지 못했다.

가슴을 두드리며 이빨 가는 것을 갑자기 멈춘 붉은 눈이 물가로 돌아가기 위해 엉켜 있는 통나무를 가로질러 뛰기 시작

했다. 그렇게 갑작스레 즐거움은 사라져버렸고 우리는 놀라움에 휩싸였다. 앙갚음을 쉽게 그만두는 것은 분명 붉은 눈의 방식이 아니다. 우리는 무슨 일이 일어날지 몰라 몸을 바들바들 떨며 두려움 속에서 기다렸다. 물을 저어 도망칠 생각은 전혀 떠오르지 않았다. 붉은 눈이 통나무 무더기를 성큼성큼 뛰어 돌아왔다. 그의 큰 손에는 물에 씻긴 둥근 조약돌들이 가득 있었다. 그가 더 큰 던질 만한 것들, 가령 무게가 1킬로그램 정도 나가는 돌을 찾지 못한 것이 정말 다행이었다. 왜냐하면 우리는 기껏해야 6미터 정도 떨어져 있었고, 그 정도 거리라면 분명 붉은 눈은 우리를 죽이고도 남았을 것이기 때문이다.

이대로도 우리는 이미 큰 위험 속에 처해 있었다. 핑! 작은 조약돌이 총알같이 스쳐간다. 늘어진 귀와 나는 미친 사람처럼 물을 젓기 시작했다. 슈우욱! 씽! 늘어진 귀는 갑작스런 고통에 비명을 내뱉었다. 조약돌이 그의 어깨 사이를 맞췄다. 그 다음에는 내가 한 방 맞고 비명을 질렀다. 정말 다행히도 붉은 눈이 가지고 있던 조약돌이 다 떨어졌기에 우리는 위험에서 빠져나올 수 있었다. 늘어진 귀와 내가 물을 저어 도망치는 동안 붉은 눈은 더 많은 조약돌을 줍기 위해 자갈밭으로 쏜살같이 달려갔다.

비록 붉은 눈이 계속해서 더 많은 조약돌을 주워왔고 끊임없이 우리를 향해 던졌지만, 우리는 그의 사정권에서 점점 더 멀어졌다. 진창의 중심으로 나아가자 약하게 물결이 일었다. 너무 흥분한 나머지 우리는 그 물결이 우리를 강으로 흘려보내고 있다는 사실을 눈치 채지 못했다. 우리는 계속해서 물을 저었고, 붉은 눈이 물가를 따라 우리를 쫓았다. 그는 할 수 있는 한 가장 가깝게 우리와의 거리를 유지했다. 그러다 그는 더 큰 돌멩이를 발견했다. 이제 더 멀리까지 던질 수 있게 되었다. 족히 2킬로그램은 나갈 듯한 돌 하나가 내가 탄 통나무 옆면에 충돌했다. 그 충격이 너무나 강해 스무 개는 족히 되는 나뭇조각들이 내 다리에 뜨거운 바늘처럼 박혔다. 그 돌이 나를 치기라도 했다면 나는 분명 죽었으리라.

그러던 차에 강의 흐름에 우리는 휘말렸다. 너무나 정신없이 물을 젓고 있던 우리였기에, 그것을 먼저 알아차린 것은 붉은 눈이었다. 그가 내지르는 승리의 함성이 우리에게는 최초의 경고가 되었다. 흐름의 가장자리가 진창의 물을 치자 연속적인 회오리와 작은 소용돌이가 일어났다. 이것들이 우리의 조잡한 통나무를 휘어잡더니 반대 방향으로, 그러다 앞뒤로 빙글빙글 돌리는 것이 아닌가. 우리는 젓는 것을 멈추고 온 힘을 다해 두 통나무를 나란히 붙잡아놓으려 발버둥쳤다. 그러는 사이 붉은 눈이 계속해서 우리에게 폭격을 가했다. 물을 튕기며 쏟아지는 돌덩이들은 우리의 목숨을 위협했다. 붉은 눈은 미친 듯이 큰 소리를 외치며 의기양양하게 우리를 바라보았다.

진창이 강으로 유입되는 지점에 우연히도 가파르게 구부러진 곳이 있었다. 흐르던 강물은 이곳에서 다른 쪽 둑으로 비껴

갔다. 그 둑은 강의 북쪽 둑이었는데 우리는 그쪽으로 빠르게 휩쓸리면서 동시에 아래로 떠내려갔다. 이로 인해 빠르게 붉은 눈의 시야에서 벗어날 수 있었다. 저 멀리 보이는 땅에서 위아래로 방방 뛰며 승리의 찬가를 불러대던 그. 그것이 우리가 마지막으로 본 붉은 눈의 모습이었다.

두 개의 통나무를 함께 붙잡고 있는 것 말고는 늘어진 귀와 내가 할 수 있는 일이 없었다. 우리는 그저 운명에 몸을 맡겼다. 그렇게 체념하고 있다가 30미터도 떨어져 있지 않은 북쪽 기슭을 따라 우리가 떠내려가고 있다는 사실을 깨달았다. 우리는 그쪽을 향해 물을 젓기 시작했다. 이쯤에서 물은 남쪽 기슭을 향해 세차게 거슬러 흐르고 있었다. 우리는 물의 흐름이 가장 빠르고 좁은 곳에서 가까스로 물줄기를 건넜다. 어느덧 우리는 물의 흐름에서 빠져나와 잔잔한 소용돌이를 타고 있었다.

우리의 통나무는 천천히 흐르더니 마침내 부드럽게 강둑에 닿았다. 늘어진 귀와 나는 강가로 기어 나왔다. 통나무가 소용돌이 밖으로 흘러나가더니 물줄기에 휩쓸려 떠내려가버렸다. 우리는 서로를 바라보았지만 웃지 않았다. 늘어진 귀와 나는 낯선 땅에 도착했지만, 이곳에 온 것과 똑같은 방법으로 우리의 땅에 돌아갈 수 있다는 것은 전혀 깨닫지 못했다. 강을 건너는 법을 배웠지만 돌아갈 수 있다는 사실은 알지 못한 것이다. 하지만 이는 우리 무리 중 그 누구도 해내지 못한 일이었다. 늘어진 귀와 내가 우리 무리 중 최초로 강의 북쪽 둑에 발을 내딛은 것이다. 그리고 이 점에 대해서라면 나는 다음 사실도 확신한다. 머지않은 시간에 무리의 다른 이들도 그렇게 강을 건넜을 것이라고. 하지만 불부족 사람들이 이주해오고, 그로 인해 우리 부족의 남은 이들이 다른 곳으로 도망가게 되면서 우리의 진화는 수 세기 뒤로 밀려났다.

사실, 불부족이 이주한 결과가 얼마나 끔찍했는지는 말할 필요도 없다. 개인적으로 나는 그 이주 때문에 우리 부족이 멸망했다고 믿는다. 인간의 단계로 꽃피어나고 있었던 하위 생명체인 우리는 기세가 꺾여, 강이 바다와 만나는 거친 파도가 밀려오는 곳에서 소멸하듯 그렇게 멸망하고 말았다. 물론 그런 결말에 이를 때까지 나는 책임지고 남아 있을 것이다. 하지만 지금 나는 내 이야기를 앞지르고 있다. 그 모든 설명은 이 이야기가 끝나기 전까지 다 이루어질 것이다.

12

얼마나 오랫동안 늘어진 귀와 내가 강의 북쪽 땅을 헤매고 다녔는지는 모르겠다. 집에 다시 돌아갈 수 있는 가능성에 대해 생각하자면 우리는 무인도에 좌초된 선원들이나 마찬가지였다. 강을 등지고 여러 달 동안 어떤 부족도 살고 있지 않는 황무지를 헤매고 다녔다. 우리의 여행을 재구성한다는 것은 내게 아주 어려운 일이며, 게다가 매일의 기억을 빠짐없이 떠올리기란 불가능하다. 때때로 그 기간 중에 일어난 일들이 선명하게 생각나기도 하지만, 대부분의 기억들은 몽롱하고 희미할 따름이다.

그중에서도 특히 긴 호수와 먼 호수 사이의 산에서 우리가 견뎌냈던 배고픔과, 덤불숲에서 자고 있던 송아지를 잡았던 일이 기억난다. 긴 호수와 산 사이의 숲에는 나무부족 사람들이 살고 있었는데. 바로 그들이 우리를 추격하여 산으로 내몰고 먼 호수까지 여행하게 만든 장본인들이었다.

강을 떠나온 우리는 우선 습지대를 가로질러 흐르는 작은 개울을 만날 때까지 서쪽으로 걸었다. 그리고 북쪽으로 방향을 틀어 습지대 언저리를 따라갔고 며칠이 지나자 내가 긴 호수라 부르는 곳에 도착하게 되었다. 호수의 북쪽 끝에서 한동안 머물렀는데, 그곳에는 먹을거리가 풍부했다. 그러던 어느 날 우리는 숲에서 나무부족 사람들과 맞닥뜨렸다. 이들은 흉포한 유인원에 지나지 않았다. 하지만 그렇다고 해서 우리와 아주 다른 것도 아니었다. 그들이 우리보다 털이 많은 것은 사실이다. 다리는 조금 더 비틀어져 있었고, 눈은 조금 더 작았으며, 목은 더 굵고 짧았다. 그들의 콧구멍은 푹 꺼진 바닥에 뚫린 구멍과 흡사했다. 하지만 얼굴을 비롯해 손바닥과 발바닥에는 털이 전혀 없었고, 우리가 내는 소리와 다소 비슷한 소리를 그들도 내었다. 결국 나무부족 사람들과 우리는 그다지 다르진 않았다.

나이가 들어 마른 몸에 주름진 얼굴, 눈빛이 흐리고 불안정한 남자를 내가 처음 발견했다. 그는 적당한 사냥감이었다. 이 세계에서는 서로 다른 종에 대해 어떠한 동정심도 없었다. 그는 나무부족 사람이었고 아주 나이가 많았다. 어느 나무 밑동에 앉아 있었는데 그가 밤에 잠드는 낡은 둥지가 나뭇가지에 있는 것을 보아 자신의 나무였음이 분명하다.

내가 늘어진 귀에게 그를 가리켰고, 우리는 그를 향해 돌진했다. 그가 나무 위로 오르기 시작했지만 너무나 느렸다. 나는 그의 다리를 붙잡아 아래로 끌어내렸다. 그러고 나서 우리는 재미를 좀 보았다. 그를 꼬집기도 하고 털을 잡아당기며 귀를 비틀다가 잔가지로 몸을 쑤셔보기도 했다. 그러는 내내 우리는 눈물을 흘릴 정도로 웃어댔다. 반항해봤자 헛될 뿐인 그 노인네의 모습은 정말 어리석어 보였다. 이제는 차갑게 식어버린 재와 같은 젊은 시절의 격정을 다시 폭발시키려 애쓰며, 흘러가는 세월 속에서 사그라져버린 그 힘을 불러일으키기 위해 바

동거리는 그의 모습이 참으로 우스꽝스러웠다. 사나운 표정을 짓고 싶어도 그저 비통한 표정을 지을 수밖에 없고, 다 닳은 이빨을 갈면서 연약하기만 한 주먹으로 빈약한 가슴을 두드려댈 뿐이었다.

게다가 그는 기침까지 했는데, 엄청나게 헐떡거리며 헛기침을 하면서 침을 튀겨댔다. 그가 나무 위로 올라가려 할 때마다 우리는 그를 아래로 잡아당겼다. 마침내 그는 힘이 다 빠져 어쩔 수 없이 바닥에 주저앉아 눈물을 흘릴 수밖에 없었다. 늘어진 귀와 나는 서로의 어깨에 팔을 두르고 옆에 앉아 그 노인의 비참함을 또다시 비웃었다.

눈물을 흘리던 노인의 흐느낌이 통곡의 소리로 바뀌더니 마침내는 비명소리로 커져버렸다. 놀란 우리는 소리를 멈추게 하려 했지만, 우리가 애쓰면 애쓸수록 그의 비명소리는 더욱 커졌다. 그러다 숲 속 그리 멀지 않은 곳에서 "꽥! 꽥!" 하는 소리가 들려왔다. 노인네의 비명소리에 답하는 같은 부족 사람들의 울부짖는 소리였다. 낮지만 크게 울리는 "꽥! 꽥! 꽥!" 하는 소리가 저 멀리서 들려왔고, 또한 "우—우!" 하는 소리가 우리 주위의 숲에서 일어났다.

곧 추격이 시작되었다. 절대 끝날 것 같지 않았다. 부족의 모든 이들이 나무 사이로 우리를 뒤쫓았고 거의 잡힐 뻔했다. 우리는 땅 아래로 내몰렸는데, 그것이 오히려 다행이었다. 그들은 나무부족이었기에 나무는 우리보다 잘 탔지만, 땅에서는 우리가 더 뛰어났기 때문이다. 늘어진 귀와 나는 북쪽으로 도망쳤다. 그들은 우리를 쫓아오며 울부짖었다. 빈터에서는 우리가 앞질러 뛰어갔지만, 수풀 사이에서는 그들이 거의 우리를 따라잡아 적어도 한 번 이상은 앞서거니 뒤서거니 하며 추격전을 벌였다. 추격이 계속되자 우리 역시 그들과 한 종족이 아님을 절감했고, 그리하여 동정심을 얻는다는 것은 불가능함도 알게 되었다.

그들은 몇 시간이고 우리를 뒤쫓았다. 숲이 끝없이 이어질 것만 같았다. 우리는 가능한 빈터를 따라 뛰었지만 결국에는 더 울창한 숲이 나타났다. 때로 그들로부터 벗어난 줄 알고 앉아서 쉬고 있으면, 호흡을 채 고르기도 전에 그 지긋지긋한 "우 ― 우!" 하는 소리와 끔찍한 "꽉! 꽉! 꽉" 소리가 들려왔다. "꽉! 꽉! 꽉!" 하는 소리에 이어 때로는 야만적인 "하 하 하 하 하아아아!" 같은 울음소리가 따라왔다.

이런 식으로 우리는 격분한 나무부족 사람들에게 숲을 가로질러 쫓겨 다녔다. 마침내 이른 오후쯤이 되자 비탈이 점점 더 가팔라지기 시작하면서 작은 나무들이 나타났다. 그러다 우리는 풀로 덮인 산자락에 이르렀다. 이곳에서 우리는 시간을 벌수 있었고, 나무부족 사람들은 우리를 추격하는 것을 포기하고 숲으로 돌아갔다.

산은 황량하고 황폐했다. 그날 오후 우리는 세 번이나 숲으로 다시 돌아가려 했다. 하지만 나무부족 사람들이 숨어서 기다리고 있다가 우리를 내쫓았다. 늘어진 귀와 나는 덤불보다 크지 않은 난쟁이나무 위에서 그날 밤을 보냈다. 이곳은 전혀 안전하지 못했다. 만약 우연히 근처를 지나가는 육식동물이라도 만나게 된다면 우리는 죽은 목숨이었다.

아침이 되어, 나무부족에 대해 새롭게 경이감을 느낀 우리는 산으로 향했다. 확신하건대 어떤 분명한 계획이나 생각조차 우리에게는 없었다. 우리는 그저 위험으로부터 도망쳤지만, 사실은 그들에게 내몰렸던 것이다. 산에서 헤맨 일에 대해서는 흐리멍덩한 기억만 가지고 있다. 우리는 오랫동안 그 황량한 지역에 있었는데 특히 두려움에 크게 시달렸다. 그 두려움은 너무나 새로웠고 낯설었다. 추위를 견디기도 힘들었으며 나중에는 배고픔에 시달렸다.

그곳은 적막한 땅이었고, 포말을 일으키는 강과 떠들썩한 소리를 내며 떨어지는 폭포가 있는 곳이었다. 우리는

거대한 협곡과 골짜기를 오르내렸다. 사방 어디를 둘러보아도 산이 끊임없이 이어지고 이어져 우리 앞에 펼쳐졌다. 밤에는 구멍이나 바위틈에서 샀는데, 어느 추운 밤에는 나무처럼 생긴 늘씬한 바위 탑의 꼭대기에 잠자리를 마련했다.

그러다 마침내 어느 더운 한낮 배고픔에 어질어질했던 우리가 분수령에 도달했다. 이 높은 산맥에서 북쪽으로 점점 낮아져가는 산들을 가로질러 바라보니 저 멀리 호수가 얼핏 보였다. 태양이 그 위로 빛나고 있었고, 그 주위에는 넓고 평평한 풀밭이 있었다. 동쪽으로는 넓게 뻗은 울창한 숲이 보였다.

호수까지 가는 데 이틀이 걸렸다. 우리는 배고픔에 지쳐 있었는데, 호숫가 수풀에서 포근하게 자고 있던 송아지 한 마리를 발견했다. 손으로밖에 죽이는 방법을 몰라 녀석을 죽이는 것이 아주 힘들었다. 게걸스레 마음껏 배를 채운 뒤에는 남은 고기를 옮겨 동쪽 숲 속 나무 위에 숨겨놓았다. 하지만 우리는 그 나무로 다시 돌아가지 않았다. 먼 호수에서 흘러나오는 개울가에 바다에서 강 상류로 알을 낳기 위해 올라오는 연어가 가득했기 때문이다.

호수의 서쪽으로는 풀밭이 펼쳐져 있었고 수많은 들소와 야생소로 가득 차 있었다. 게다가 들개 무리도 많아 나무 한 그루 없는 그곳은 우리에게 안전한 장소가 아니었다. 우리는 여러 날을 개울을 따라 북쪽으로 올라갔다. 그러다 왜 그랬는지는 기억나지 않지만 개울에서 갑자기 방향을 틀어 동쪽으로 향한 후 거대한 숲을 가로질러 남동쪽으로 나아갔다. 우리의 여행 이야기로 당신들을 지겹게 하고 싶지는 않지만, 우리가 어떻게 불부족 사람들의 땅에 도착하게 되었는지는 알려주고 싶다.

우리는 강으로 나왔다. 하지만 그 강이 바로 우리가 통나무를 타고 놀던 그 강인 줄은 알지 못했다. 너무나 오랫동안 헤맨 나머지 길을 잃어버린 상황을 당연하다 여긴 것이다. 그때를 되돌아보면 어떻게 우리의 삶과 운명이 참으로 사소한 우연으로 말미암아 결정되는지를 분명하게 이해할 수 있다. 우리는 정말 그 강이 우리가 놀던 강인지 몰랐다. 알 수 있는 방법 역시 없었다. 그리고 만약 그 강을 건너가지 못했다면 아마도 절대로 우리 무리에게 돌아갈 수 없었을 테고, 만약 그랬다면 수천 세기가 지나 태어난 오늘날의 나는 결코 존재할 수 없었을 것이다.

늘어진 귀와 나는 너무나 집으로 돌아가고 싶었다. 여행을 하면서 우리가 속했던 무리와 땅을 갈망하는 향수병을 경험했다. 나는 종종 부드러운 소리를 내며, 함께 있으면 좋은, 어디 사는지 아무에게도 알리지 않고 혼자 살던 재빠른 것도 떠올렸다. 그녀를 떠올릴 때면 배고픔의 격한 감정이 잇따랐는데, 심지어 무언가를 막 먹고 나서 배가 부른 상황에도 그랬다.

아무튼 강 이야기로 돌아가자. 음식은 풍족했는데 주로 딸기류와 즙이 많은 뿌리류였다. 우리는 강둑에서 여러 날을 머물며 놀았다. 그러다 늘어진 귀가 어떤 생각을 해냈다. 눈으로도 그 생각이 떠오르는 과정을 볼 수 있었다. 내겐 그것이 보였다. 그의 눈에 깃는 표정은 구슬프고 불평이 넘쳐났다. 그는 엄청 불안해 보였다. 좀 있으니 방금 전 떠오른 생각을 놓쳐버렸는지 그의 눈빛이 흐리멍덩해졌다. 그러다 다시 그 생각이 떠올랐던지 늘어진 귀는 이내 구슬프고 불평 가득한 눈빛을 띠었다. 그는 나를 바라보고 강을 바라본 뒤 저 멀리에 있는 강기슭을 바라보았다. 그리고 무슨 말을 하려 했지만, 자신의 생각을 표현할 수 있는 소리를 알지 못했다. 그가 낸 소리는 횡설수설에 불과했고 나는 그 소리에 웃음을 터트렸다. 이것이 그를 화나게 만들었다. 늘어진 귀는 갑자기 나를 붙잡더니 등 뒤로 넘어뜨렸다. 이를 시작으로 우리는 싸웠다. 결국 늘어진 귀가 내게 쫓겨 나무 위까지 올라갔지만, 거기서 긴 나뭇가지를 꺾은 녀석은 내가 자신에게 접근하려 할 때마다 나뭇가지로 나를 쑤셔댔다.

그러다보니 그 생각은 가냘프게 사라져버렸다. 나는 그 생각을 알지 못했고, 늘어진 귀는 그것을 잊어버렸다. 하지만 다음 날 아침이 되자, 그 생각이 다시 늘어진 귀에게 떠올랐다. 아마도 늘어진 귀 안에 있던 집으로 돌아가고자 하는 본능이 그 생각을 계속 일어나게 한 듯싶다. 어찌되었든 그 생각은 다시 떠올랐고 이전보다 더 분명해졌다. 늘어진 귀가 나를 강가로 이끌었다. 그곳에는 소용돌이를 따라 통나무 하나가 떠내려와 있었다.

　나는 녀석이 예전에 진창의 입구에서 놀던 것처럼 장난을 치고 싶어하는 줄 알았다. 늘어진 귀가 아래 강기슭에서 또 다른 통나무를 끌고 오는 모습을 보니 나 역시 놀고 싶어졌다.

　나란히 통나무를 타고 서로의 통나무를 손과 발로 붙잡아 물의 흐름을 따라 움직이려 할 때 나는 그의 의도를 알아차렸다. 그는 잠시 멈추어 저 멀리 떨어져 있는 강기슭을 가리키더니, 힘을 돋우는 큰 소리를 내지르면서 물을 젓기 시작했다. 나는 그를 이해했고 우리는 열심히 물을 저었다. 빠른 물살이 우리를 붙잡아 남쪽 기슭으로 던져냈다. 하지만 우리가 상륙하기도 전에 강은 다시 북쪽 강기슭을 향해 우리를 내쳤다.

　여기서 서로의 마음이 맞지 않게 되었다. 북쪽 기슭이 가까워지자 나는 그쪽을 향해 물을 젓기 시작했다. 하지만 늘어진 귀는 남쪽으로 계속 물을 저었다. 통나무는 원을 그리며 빙글빙글 돌았고 우리는 어느 곳에도 이르지 못했다. 우리가 강물을 따라 흘러 내려가는 사이 숲은 순식간에 우리를 스쳐갔다. 우리는 싸울 수가 없었다. 싸우기 위해 통나무를 잡고 있던 손과 발을 놓는 것이 얼마나 어리석은 일인지 알았기 때문이다. 하지만 조류가 우리를 다시 남쪽 기슭으로 밀려가게 할 때까지 서로를 향해 욕을 지껄여댔다. 이제 남쪽 기슭이 우리가 도달할 수 있는 가장 가까운 목표 지점이 되었다. 서로 힘을 합쳐 사이좋게 우리는 목표 지점으로 물을 저었다. 그리고 기슭에

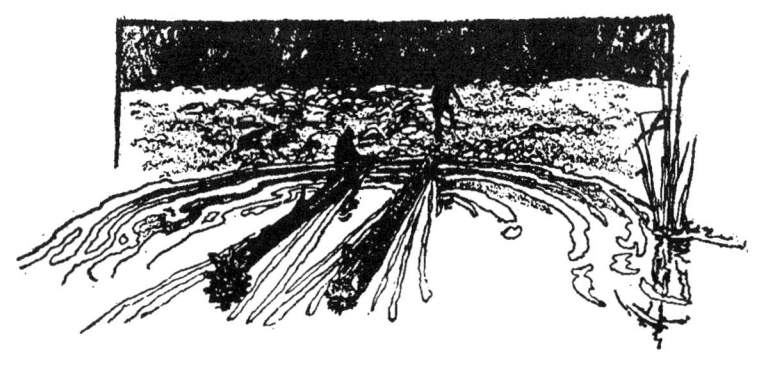

가까이 이르러서는 정찰을 하기 위해 재빨리 숲을 향해 땅으로
올랐다.

13

남쪽 둑에 도착하여 첫날밤을 보낼 때가 되어서야, 우리는 불부족 사람들을 발견했다. 그날 밤을 보내기 위해 늘어진 귀와 나는 나무 하나를 골랐는데 그곳에서 멀지 않은 야영지에 분명 방랑하는 사냥꾼으로 보이는 무리가 모이고 있었다. 처음에는 불부족 사람들의 목소리에 놀랐지만 어둠이 찾아오자 우리는 불에 매료되었다. 이 나무에서 저 나무로 조심스럽고 조용하게 기어서 불을 잘 볼 수 있는 곳까지 이르렀다.

강이 가까운 나무들 사이의 빈터에서 그 불은 타오르고 있었다. 그 주위로 열두 명의 불부족 남자들이 둘러앉았다. 늘어진 귀가 갑자기 나를 꽉 붙잡았다. 나는 녀석이 떨고 있음을 느꼈다. 좀더 가까이 가 살펴보니, 몇 년 전 나무에서 깨진 이빨을 활로 쏘아 맞힌 그 쭈글쭈글한 늙은 사냥꾼의 모습도 보였다. 그가 일어나서 불 가까이로 걸어가 불에다 나무를 새로 집어 던질 때 다리를 절뚝이는 것을 보았다. 무슨 일이 있었는지는 모르겠지만, 평생 다리를 절 수밖에 없는 듯했다. 그는 전보다 더 마르고 쭈글쭈글해졌으며 얼굴에 난 털은 거의 잿빛이었다.

다른 사냥꾼들은 젊었다. 그들 가까이에는 활과 화살이 놓여 있었다. 나는 이제 그것들이 어디에 쓰이는 무기인지 알고 있었다. 불부족은 허리 주위와 어깨에 걸쳐 동물의 가죽을 입고 있었다. 하지만 그들의 팔다리는 그대로 드러나 있었고 신발도 신지 않았다. 내가 이전에 말했다시피 그들은 우리 부족만큼 털이 많은 편은 아니었다. 그들의 머리는 그다지 크지 않았고 눈에서 시작되어 뒤로 넘어가는 머리의 기울기가 우리 부족과 거의 비슷했다.

그들은 우리보다 몸이 덜 굽어서 움직일 때의 경쾌함은 덜했다. 등뼈나 엉덩이, 무릎 관절이 훨씬 더 빳빳해 보였다. 그들의 팔은 우리처럼 길지 않아, 걸을 때 한 번이라도 땅바닥에 번갈아가며 손을 짚어 균형을 잡는지는 알 수 없었다. 또한 그들의 근육은 우리보다 더 둥그스름하게 균형이 잡혀 있었고 얼굴역시 더 보기가 좋았다. 그들의 콧구멍은 아래로 열려 있었는데, 마찬가지로 콧등 역시 더 높이 발달되어 우리의 코처럼 납작하거나 찌그러져 보이지 않았다. 입술도 우리마냥 앞으로 튀어나와 매달려 있는 듯 보이지 않았다. 게다가 그들의 송곳니는 동물의 엄니처럼 생기지 않았다. 하지만 우리처럼 엉덩이는 작았고, 몸무게도 훨씬 많이 나가 보이지는 않았다. 이 모든 것을 생각해본다면 우리가 나무부족 사람들과 별로 다르지 않은 것처럼 불부족 사람들도 우리와 별반 다르지 않았던 것이다. 분명 이 세 종족은 모두 연결되어 있었고 그 차이는 그다지 크지 않았다.

불부족 사람들이 둘러앉은 불은 너무나 매력적이었다. 늘어진 귀와 나는 몇 시간이고 앉아서 연기며 불꽃을 지켜보았다. 새로운 나무를 던져 넣어 불꽃이 위로 솟구칠 때가 가장 멋졌다. 나는 더 가까이 다가가 불을 바라보고 싶었지만 그렇게 할 수 없었다. 우리는 빈터 가장자리에 있는 나뭇가지 위에 웅크리고 앉아 있었는데, 발각될 위험을 무릅쓰면서 달려 나가지는 못했다.

불부족 남자들은 불 주위에 쭈그리고 둘러앉아 무릎 위로 고개를 숙인 채 잠이 들었다. 그들은 깊이 잠들지 않았다. 잠을 자면서도 귀가 씰룩거렸고 불안해 보였다. 이따금씩 번갈아가며 일어나 불에다 더 많은 나무를 던져 넣었다. 불이 비추는 곳 너머의 어두운 숲 속에서는 맹수들이 먹잇감을 찾아 어슬렁거렸다. 늘어진 귀와 나는 그들의 소리를 알 수 있었다. 들개도 있고 하이에나도 있다. 그러다가 크게 깨갱거리며 으르렁거리는 소리가 나자 잠을 자고 있던 불부족 사냥꾼들이 모두 즉시 깨어났다.

　한번은 수사자와 암사자가 우리가 숨어 있던 나무 아래에 서서 털을 잔뜩 곤두세운 채 눈을 끔벅거리며 그들을 주시하고 있었다. 수사자는 입을 혀로 핥으며 앞으로 달려 나가 식사를 하고 싶은 듯 몸이 달아 초조해 보였다. 하지만 암사자는 더 조심스럽게 행동했다. 우리를 발견한 것은 이 암사자였다. 그 둘은 가만히 서서 조용히 코를 씰룩거리며 냄새를 맡더니 우리를 올려다보았다. 그러다 으르렁거리며 이따금씩 불을 바라보더니 숲 속으로 방향을 틀어 사라져버렸다.

　더 오랫동안 늘어진 귀와 나는 나무에 그대로 남아 불을 지켜보았다. 이따금씩 잡목 숲과 덤불 사이로 육중한 몸이 지나가며 나뭇가지를 부러뜨리는 소리를 들을 수 있었다. 불을 가로질러 어둠 저 건너편에서, 불빛에 반짝이는 눈을 보기도 했다. 저 멀리에서 사자가 울부짖는 소리도 들리고, 더 멀리 물 마시는 곳에서 공격받아 물을 튀기며 몸부림치는 어떤 동물의 비명소리도 울려 나왔다. 게다가 강에서는 코뿔소가 툴툴거리며 내는 큰 소리가 들렸다.

아침이 되어 잠에서 깬 우리는 불을 향해 기어 나갔다. 여전히 연기가 나고 있었지만 불부족 사람들은 가고 없었다. 확실하게 하기 위해 숲 주위로 한 바퀴를 돌아본 우리는 재빨리 불을 향해 뛰어갔다. 나는 대체 그것이 무엇인지 알고 싶어 엄지와 다른 손가락 하나로 시뻘건 숯을 집어 올렸다. 그것을 떨어뜨리며 내가 내지른 고통과 두려움의 비명소리에 놀란 늘어진 귀는 나무 사이로 후다닥 도망쳤고, 그가 도망치는 모습에 나도 놀라 그를 쫓아갔다.

잠시 후 좀더 조심하며 불 가까이 돌아온 우리는 시뻘겋게 타고 있는 숯을 만지지는 않았다. 그 대신 불부족 사람들을 따라하는 데 빠져버렸다. 불 옆에 쭈그리고 앉아 무릎 위로 머리를 구부리고는 자는 척하는가 하면, 그들이 소리 냈던 대로 영문도 모를 말을 떠들어대면서 서로에게 말하는 흉내를 냈다. 나는 그 쭈글쭈글 늙은 사냥꾼이 막대기로 불을 쑤셨던 것을 기억해냈다. 여전히 타고 있던 숯덩이들을 뒤집어 흰 재 연기를 일으키면서 나도 불을 막대기로 쑤셔보았다. 너무나 재미있었다. 곧 늘어진 귀와 나는 재로 뒤덮여 하얗게 되었다.

불에 새로운 나무를 넣어보는 것도 우리가 불부족 사람들을 따라하기 위해 반드시 해야 할 일이었다. 처음에는 작은 나뭇가지로 시도해보았다. 성공이었다. 나무에 불이 붙어 우지직거리며 딱딱 하는 소리를 냈고, 우리는 기쁨에 겨워 춤추며 끽끽거렸다. 우리는 더 큰 나뭇가지를 불 속으로 던져 넣기 시작했

다. 자꾸자꾸 나무를 집어넣다 보니 잠시 뒤에는 불길이 상당히 커져버렸다. 늘어진 귀와 나는 흥분하여 앞뒤를 오가면서 숲까지 들어가 죽은 나무의 몸통이며 가지들을 끌어왔다. 불길은 더욱더 높이 치솟아 연기 기둥은 나무들보다 더 높이 하늘 위로 솟구쳤다. 엄청난 크기의 딱딱 부러지는 소리와 우지직 갈라지며 울부짖는 소리가 일어났다. 그 불길은 우리의 손으로 일구어낸 것들 중 가장 기념할 만한 성과였고, 우리는 그것이 자랑스러웠다. 큰 불길 속에서 흰 꼬마 도깨비처럼 춤추고 있으니, 우리도 역시 불부족 사람이라는 생각이 들었다.

마른 풀과 덤불에 불이 번졌다. 그러나 우리는 알아차리지 못했다. 갑자기 빈터 가장자리에 있던 큰 나무가 불길 속에 타올랐다.

놀란 눈으로 그것을 쳐다보았다. 그 열기에 우리는 뒤로 물러설 수밖에 없었다. 다른 나무로 불이 옮겨 붙었고, 이어서 또 다른 나무에도 불이 붙더니 여섯 개의 나무에 불이 타올랐다. 우리는 무서웠다. 불의 괴물이 풀려난 것이다. 우리는 공포에 떨며 몸을 웅크렸다. 원을 그리며 주위를 둘러싸고 있던 나무들을 태운 불이 우리를 에워쌌다. 늘어진 귀의 눈에는 어떤 일을 이해하지 못할 때 언제나 떠오르던 구슬픈 표정이 나타났고, 나 역시 그러한 표정을 지었음에 분명하다. 우리는 서로를 팔로 둘러싸고 몸을 움츠렸다. 열기는 우리에게까지 미쳐 털을 태우는 냄새가 나기 시작했다. 우리는 연기를 뚫고 나와 숲을

가로질러 서쪽으로 재빨리 도망쳤는데, 그렇게 달리는 동안에
도 뒤를 돌아다보며 웃어댔다.

　정오쯤 되었을 때, 땅이 좁아지는 지점에 이르렀다. 나중에
알고 보니 강이 하나의 거대한 원을 그리며 돌아나가는 부분이
었다. 그 지협을 건너자 드문드문 숲을 이루는 예닐곱 개의 낮
은 언덕이 이어졌다. 이 언덕들을 올라가 뒤를 돌아 우리가 떠
나온 숲을 바라보니 숲은 거대한 불길의 바다가 되어 있었다.
불길은 바람을 타고 동쪽으로 번지고 있었다. 우리는 강둑을
따라 서쪽을 향해 나아갔다. 그러다 보니 우리도 모르는 사이
불부족 사람들의 거주지 한가운데에 이르게 되었다.

　이 거주지는 놀라울 정도로 전략적 면을 고려해 선택된 곳이
었다. 반도로 이루어져 있어 삼면이 흐르는 강의 보호를 받았

고 오로지 한 면만 육지로 접근이 가능했던 것이다. 이곳이 바로 우리가 건너온 반도의 좁은 지역이었고, 여러 개의 낮게 뻗은 언덕은 천연의 방어벽이었다. 외부세계와 단절된 채 불부족 사람들은 여기서 오랫동안 거주하며 번성했음이 분명하다. 사실 우리 부족에게 큰 재난을 불러일으킨 것은 다름 아닌 불부족의 이주였다. 이주는 그들이 번성함에 따라 필연적으로 일어난 일이었다. 수가 계속 증가한 불부족은 마침내 자신들의 영역 안에서 불편하게 부대끼며 살아야 했을 것이다. 그들은 새로운 거주지를 찾아 확장해나갔고, 그러는 와중에 우리 부족을 내쫓고 우리가 살던 동굴에 정착하면서 그 땅을 차지하게 된 것이다.

하지만 늘어진 귀와 나는 불부족 사람들의 요새에 우리가 들어온 것을 깨닫게 된 그때만 해도 이 모든 일을 꿈에도 생각지 못하고 있었다. 우리는 단지 한 가지 생각밖에 없었는데, 그것은 도망쳐야 한다는 것이었다. 하지만 우리는 그 생각에 맞장구치면서도 호기심을 억제하지 못한 채 그들의 마을을 기웃거렸다. 처음으로 불부족 사람들의 여자와 아이들을 보았다. 아이들은 거의 벌거벗은 채 뛰어다녔지만 여자들은 야생동물의 가죽을 걸치고 있었다.

우리 부족처럼 불부족도 동굴에서 살았다. 동굴 앞 빈터는 강 쪽을 향해 경사져 있었고, 빈터 여기저기에서는 작은 모닥불들이 타오르고 있었다. 불부족이 음식을 조리해 먹었는지는 알 수 없다. 늘어진 귀와 나는 그들이 조리하는 모습을 보지 못했다. 그러나 나는 분명 그들이 조잡하게나마 일종의 조리를 했으리라 생각한다. 우리처럼 그들도 조롱박을 이용해 강에서 물을 길러 운반했다. 시끄러운 소리를 내면서 여자들과 아이들이 활발히 움직였다. 불부족 아이들은 우리 부족의 아이들과 거의 똑같은 장난을 치며 익살스럽게 놀았다. 두 부족은, 어른보다는 아이들이 서로 더 비슷하게 닮은 듯했다.

늘어진 귀와 나는 오랫동안 그곳에 머물지는 않았다. 반쯤 자란 몇몇의 소년들이 활 쏘는 연습을 하는 모습을 보고, 우리는 살금살금 기어 나와 숲으로 도망쳐 강으로 나갔다. 그곳에서 우리는 진짜 뗏목을 발견했는데, 분명 불부족 사람 몇몇이 만든 것이었다. 작고 곧은 두 개의 통나무가 거친 뿌리와 나무 가로대로 나란히 묶여 있었다.

이번에는 우리 둘에게 뗏목을 이용하자는 생각이 동시에 떠올랐다. 우리는 불부족의 땅을 벗어나야만 했다. 이 통나무로 강을 건너는 것보다 더 좋은 방법이 어디 있단 말인가? 통나무에 올라탄 우리는 그것을 강으로 밀어냈다. 갑자기 무엇인가가 뗏목을 잡아끌더니 거칠게 강둑을 향해 내팽개쳤다. 너무나 갑작스럽게 뗏목이 멈춰서는 바람에 우리는 거의 물속으로 휩쓸려 들어갈 뻔했다. 뗏목이 뿌리를 꼬아 만든 밧줄로 나무에 묶여 있었던 것이다. 이것을 풀고 나서야 우리는 강으로 나설 수 있었다.

강의 흐름으로 나아가기 위해 열심히 뗏목을 저을 무렵, 강 아래로 아주 빠르게 떠내려갔기에 불부족 사람들의 거주지가 한눈에 보이는 지점에 이르게 되었다. 우리는 반대쪽 둑에 눈을 고정시킨 채 뗏목을 젓는 데 전념한 나머지, 이쪽 강변에서 고함소리가 들리기 전까지는 그 사실을 알아채지 못했다. 우리는 주위를 둘러보았다. 불부족 사람들이, 그것도 많은 무리가 우리를 바라보며 손가락질했고, 더 많은 이들이 동굴 밖으로 기어 나오고 있었다. 우리도 쳐다보기 위해 몸을 세웠고 뗏목을 젓는 것 따위는 잊어버렸다. 강가에서는 엄청난 소란이 일어났다. 불부족 남자 중 몇몇은 우리를 향해 화살을 쏘았고 그중 몇 개는 우리 가까이 떨어졌지만, 그 거리가 이미 너무나 멀어져 있었다.

늘어진 귀와 내게는 정말 엄청난 하루였다. 동쪽으로는 우리가 일으킨 거대한 불이 연기로 하늘의 반을 채우고 있었고, 우리는 강 한가운데서 더할 나위 없이 안전하게 불부족 사람들의 요새를 일주하고 있었던 것이다. 뗏목에 앉아 빠르게 스쳐 지나가면서 우리는 그들을 비웃었다. 남쪽으로 빙 돌아 그다음에는 남동쪽에서 동쪽, 그러다가는 북동쪽으로, 다시 동쪽, 남동쪽 그리고 남쪽으로 계속 가다 서쪽으로 나아갔는데 강이 거대한 두 개의 곡선을 이루며 거의 하나의 매듭 모양을 이루고 있었다.

불부족을 저 멀리 뒤로한 채 서쪽으로 빠르게 흘러갈 무렵

눈에 익숙한 풍경이 시야를 스쳐 지나
갔다.

바로 동물들이 물을 마시러 내려오
는 멋진 구경거리를 보기 위해 우리
가 한두 번 서성거렸던 거대한 물 마시
는 곳이었다. 그 너머로는 우리가
이미 알고 있는 당근이 자라는 들판
이 있었고, 그 너머에는 우리
부족이 살고 있는 동굴과
거주지가 있는 곳이다.
우리는 빠르게 스쳐 지나
가는 둑을 향해 뗏목을 젓기
시작했고 어느새 우리 부족이
사용하는 물 마시는 곳에 이르렀다. 많은 여자들과 아이들이
물을 기르기 위해 조롱박에 물을 담고 있었다. 우리를 보자 그
들은 조롱박 덩굴을 땅에 내던진 채 위로 난 길을 향해 미친 듯
이 우르르 도망쳤다.

늘어진 귀와 나는 땅에 도착했다. 물론 타고 온 뗏목을 묶는
것 따위는 무시해버린 채 말이다. 그래서 뗏목은 강을 따라 흘
러가버렸다. 곧바로 조심스럽게 주의를 기울이며 우리도 길을
따라 기어올라갔다. 무리는 모두 그들의 동굴로 숨어 들어가고
없었지만 여기저기서 우리를 흘끗흘끗 내다보는 얼굴들을 볼

수 있었다. 붉은 눈의 모습은 찾을 수 없었다. 마침내 우리는 집으로 돌아온 것이다. 그리고 그날 밤, 벼랑의 높은 곳에 있는 우리만의 작은 동굴에서 잠을 잘 수 있었다. 비록 그러기 위해서는 우리가 없는 사이 그곳을 차지한 싸우기 좋아하는 두 명의 조무래기들을 내쫓아야 했지만 말이다.

14

몇 달이 지났다. 미래에 일어날 비극은 아직 무대에 채 등장하지 않았지만, 그 와중에 우리는 나무열매를 까먹으며 잘 지내고 있었다. 내 기억으로 그해에는 나무열매가 풍성했다. 우리는 조롱박에 나무열매를 가득 담아 그것을 깨는 장소로 운반했다. 나무열매를 바위의 움푹한 곳에 놓고 손에는 바위 조각을 쥔 채 나무열매를 깨뜨려 그것들을 먹었다.

그해 가을에 늘어진 귀와 나는 모험으로 가득 찼던 우리의 기나긴 여행에서 돌아왔다. 뒤이어 다가온 겨울은 따스했다. 나는 예전에 집을 지어놓았던 나무 주위를 빈번하게 오가며, 늘어진 귀와 내가 항해하는 것을 배운 늪지대의 어귀와 블루베리가 자라는 늪 사이의 지역도 헤매고 다녔다. 하지만 재빠른 것의 흔적을 찾을 수는 없었다. 그녀는 사라져버렸다. 나는 그녀를 원했다. 앞서도 말했던 그 허기짐이 나를 몰아댔다. 그것은 육체적 배고픔과 비슷했다. 설사 배가 가득 불러도 그 허기짐은 나를 찾아왔다. 하지만 그녀를 찾는 나의 모든 노력은 헛되었다.

그러나 삶이 단조롭지만은 않았다. 바로 붉은 눈이 있었기 때문이다. 우리가 차지한 그 조그마한 동굴에 있을 때를 제외하고는 한순간도 평화롭지 않았다. 동굴의 입구를 크게 넓히긴 했지만, 우리가 비집고 들어가기에는 여전히 꽉 끼었다. 시간이 날 때마다 늘어진 귀와 내가 동굴의 입구를 넓혀가긴 했어도, 붉은 눈의 거대한 덩치가 들어오기에는 여전히 너무나 작았다. 그래서일까. 붉은 눈이 우리 동굴로 다시 돌진해오는 일은 없었다. 그는 지난번의 일을 교훈으로 삼은 데다, 내가 돌로 맞혔던 목에는 불룩하게 튀어나온 혹까지 달고 다녔다. 그 혹은 결코 없어지지 않았는데 멀리서도 알아볼 만큼 툭 튀어나와 있었다. 내 손으로 만들어낸 그 혹을 보는 것을 종종 큰 낙으로 삼았던 나는, 확실히 안전한 곳에 있다는 생각이 들 때면 그것을 보며 비웃기까지 했다.

만약 붉은 눈이 다른 모든 무리가 보는 앞에서 늘어진 귀와 나를 갈가리 찢어버린다 해도 우리를 구하기 위해 그들이 다가오지는 않겠지만, 그럼에도 불구하고 무리는 우리를 불쌍히 여겼다. 그것은 어쩌면 우리를 향한 동정심이 아니라 붉은 눈을 향한 그들 자신의 증오심의 표현이었을지도 모른다. 어쨌든 그들은 붉은 눈이 접근해오는 것을 우리에게 항상 경고해주었다. 숲 속이든, 물 마시는 곳이든, 동굴 앞 빈터든 어디든지 간에 무리는 재빨리 우리에게 위험을 알려주었다. 그 덕에 우리는 격세유전의 소유자인 붉은 눈과의 불화 속에서 우위를 차지할 수 있었다.

한번은 붉은 눈이 거의 나를 잡을 뻔했다. 어느 이른 아침, 아직 무리가 일어나지 않은 때였다. 나는 너무나 놀랐다. 내 동굴로 올라가는 길을 그가 가로막고 있었다. 미처 그것을 깨닫기도 전에 나는 이중으로 연결된 동굴로 재빨리 달려 들어갔다. 그 동굴은 오래전에 늘어진 귀가 나에게서 교묘하게 도망쳤던 곳이자, 우리 무리 중 두 명을 뒤쫓던 늙은 호랑이 칼송곳니를 완전히 당황하게 만들어 도망치게 했던 곳이다. 두 동굴 사이에 놓인 연결통로에 이르렀을 때, 붉은 눈이 나를 따라오지 않고 있다는 것을 알았다. 바로 그 순간 붉은 눈은 연결통로에서 밖으로 이어지는 동굴로 쳐들어왔다. 나는 다시 연결통로를 거슬러 빠져나왔고, 붉은 눈은 밖으로 나가 돌아와서는 다시 내게 달려들었다. 나는 이렇게 연결통로를 왔다 갔다 하는 동작을 계속해서 반복해야만 했다.

붉은 눈이 나를 잡는 것을 포기하기 전까지 반나절 동안이나 나는 그곳에 갇혀 있었다. 그 일이 있은 뒤로, 늘어진 귀와 나는 두 개로 연결된 동굴이 충분히 안전하다는 확신이 들더라도, 붉은 눈이 앞에 나타난 이상 우리의 동굴이 있는 곳으로 도망치려 하지 않았다. 먼저 그를 계속 주시하면서 도주로를 붉은 눈이 미리 차단하지 않았는지부터 확인했다.

그 겨울에 붉은 눈은 학대와 잦은 구타를 일삼아 새로 맞이한 아내를 또 죽여버렸다. 내가 그를 격세유전을 가진 자라 부르긴 하지만, 사실 아내를 죽이는 그의 행동은 격세유전을 가진 자보다 더 야만적인 모습이다. 우리보다 덜 발달된 동물들의 수컷도 자신의 짝을 학대하거나 죽이지는 않기 때문이다. 이런 점에서, 그가 가진 엄청난 격세유전적 성향에도 불구하고, 나는 붉은 눈이 앞으로 다가올 남성 성향의 전조라고 생각했다. 인간 수컷만이 자신의 짝을 살해하는 유일한 종이니까.

예상대로, 자신의 아내를 해치운 붉은 눈이 다른 아내를 찾기 시작했다. 이번에는 '노래하는 것'을 아내로 취하기로 결정했다. 그녀는 늙은 무릎의 손녀이자 털 없는 놈의 딸이었다. 그녀는 젊었는데 해질녘이면 자신의 동굴 입구에서 노래 부르기를 엄청 좋아했다. 그리고 '구부러진 다리'의 짝이 된 지도 얼마 되지 않았다. 구부러진 다리는 상당히 개인적인 성향의 소유자로서 누구를 괴롭히지도 않았고, 다른 이들과 어울려 사소한 일로 말다툼을 벌이는 경우도 없었다. 그는 전혀 싸움을 좋아하지 않았다. 작고 마른 체격에 구부러진 다리를 가진 그는 우리에 비해 자신의 다리를 활기차게 움직이지 않았다.

붉은 눈이 이보다 더 심한 짓을 한 적은 없었다. 때는 하루가 끝나가는 조용한 시간, 우리가 동굴로 올라가기 전 빈터에 모이기 시작할 무렵이었다. 갑자기 노래하는 것이 붉은 눈에게 쫓겨 물 마시는 곳에서 길 위로 달려 나왔다. 그녀는 남편에게로 뛰어갔다. 불쌍한 구부러진 다리는 두려워 심히 떨고 있었다. 하지만 그는 용감했다. 자신에게 죽음이 다가온 것을 알았지만 도망치지 않았다. 그는 몸을 일으켜 세우더니 깩깩거리면서 털을 곤두세우고는 이빨을 드러내 보였다.

붉은 눈은 분노의 고함을 내질렀다. 무리 중 어느 누구라도 그에게 감히 저항한다는 것은 자신을 향한 반항이었다. 붉은 눈이 손을 내뻗더니 구부러진 다리의 목을 움켜잡았다. 구부러진 다리는 붉은 눈의 팔을 물어버렸다. 그러나 다음 순간, 목이 부러진 구부러진 다리가 버둥버둥 바닥에서 꿈틀거렸다. 노래하는 것은 비명을 내지르며 두려움에 끽끽거렸다. 붉은 눈이 그녀의 머리털을 잡아챈 채 거칠게 다루며 자신의 동굴로 기어오르기 시작했다. 그렇게 노래하는 것은 절벽 위 동굴 쪽으로 질질 끌려갔다.

우리는 너무나 화가 났다. 미칠 정도로 화가 치밀어 올라 시끄럽게 떠들어댔다. 가슴을 두들기고, 털을 곤두세우며, 이빨을 갈아대면서 분노를 드러내며 우리는 모였다. 무리를 이루고자 하는 본능, 연합된 행동을 위해 함께 모이고자 하는, 협동을 향한 충동이 우리 안에서 꿈틀거림을 느꼈다. 비록 희미하게나마 하나를 이루는 행동의 필요성을 느끼긴 했지만, 우리에게는 어떠한 행동을 실행할 방법이 없었다. 그것을 표현할 수 있는 수단이 없었기 때문이다. 우리 모두 함께 일어나 붉은 눈을 처단해버리지는 않았다. 그렇게 하자고 표현할 언어가 없었기 때문이다. 사고를 나타내는 상징적 표현들을 갖지 못한 우리는 그저 애매모호하게 생각할 뿐이었다. 생각을 나타낼 수 있는 표현을 발명하기 위해서는 아직도 길고 고통스러운 시간이 필요했다.

우리의 의식을 그림자처럼 빠르게 스쳐 지나가는 막연한 생각을 소리로 전달하고자 애썼다. 털 없는 놈이 크게 끽끽거렸다. 소음 같은 그 소리로 붉은 눈을 향한 분노와 그를 해치고자 하는 욕망을 표현했다. 여기까지가 털 없는 놈이 우리에게 전달한 부분이었고, 우리도 여기까지만 그를 이해할 수 있었다. 자신 안에 강하게 떠오른 함께 힘을 합쳐야 한다는 충동을 전달하려 하자 그의 소리는 알아들을 수 없는 지껄임이 되었다. 그다음으로는 '큰 얼굴'이 눈썹을 곤두세워 가슴을 두들기면서 떠들기 시작했다. 이런 식으로 한 명씩 돌아가면서 심지어는 늙은 무릎이 갈라진 목소리와 말라빠진 입술로 중얼거리며 재빠르게 지껄일 때까지, 모두가 자신의 분노를 표현하며 참여했다. 누군가가 막대기를 집어 들더니 통나무를 두드리기 시작했다. 곧 그는 박자를 맞추어 두들겼다. 무의식적으로 우리가 내지르던 고함소리와 외침은 이 박자소리에 누그러졌다. 그 소리는 우리를 달래주었다. 부지불식간에 좀 전까지 쏟아내던 분노는 잊어버린 채 우리 모두는 신바람이 나서 회희낙락거렸다.

이렇게 즐겁게 웃어대는 모습은 얼마나 우리가 일관성 없고 하찮은 것에 정신이 쉽게 팔리는지를 멋지게 보여준다. 우리는 모두에게 솟아난 분노와 힘을 합치고자 하는 충동에 의해 이곳에 함께 모였는데, 조잡한 박자 하나가 만들어지는 바람에 그 모든 것을 잊어버렸다. 우리는 사교적이었고 모이는 것을 좋아해서, 이렇게 노래 부르고 웃어대는 모임에 만족했다. 어떤 면에서는 그런 웃고 떠드는 모임이야말로 원시인들이 가지게 된 회의의 원조이자 후세 사람들이 만든 국회나 국제회의 같은 것의 원형일지도 모른다. 하지만 세계의 초창기를 살고 있던 우리 부족은 말을 하지 못했다. 그래서 이렇게 가까이 서로 모이게 되면 언제나 왁자지껄한 소리만 가득할 뿐이었다. 그런데 그런 시끄러운 소리 속에서 앞으로 다가올 예술의 정수를 담고 있는 박자를 모두가 일치해 만들어냈다. 그것은 갓 태어난 예술이었다.

우리가 만들어낸 박자 가운데 오랫동안 지속된 것은 없다. 하나의 박자는 곧 잊히는데, 그 박자를 다시 기억해내거나 아니면 새로운 박자를 만들기 전까지는 아수라장이 되곤 했다. 때로는 여섯 개나 되는 서로 다른 박자가 동시에 일어나곤 했는데, 자신이 좋아하는 박자로 다른 박자 소리를 묻어버리려고 각자 열렬히 두들겨댔다.

잠시 주된 박자가 끊기고 혼란이 찾아올 때면 한 명 한 명이 끽끽거리면서 잘난 척을 한다. 야유하는 소리를 내고 날카롭게 소리를 내지르며 춤을 추면서 오로지 자신만의 생각에 가득 차서 다른 이들은 배제시켜버리겠다는 의지가 넘쳐난다. 자신만이 진정한 우주의 중심이 되어 자기 주위에서 펄쩍펄쩍 뛰며 소리를 내지르는 다른 우주의 중심과 조화하는 일에는 한동안 등을 돌리게 된다. 그러다가 다시 박자가 일어난다. 박수를 치든가, 통나무를 막대기로 두드리는 동작 등이 반복되고, 격하게 규칙적으로 높고 낮은 어조를 담아 "아―방, 아방! 아― 방, 아방!"이라 내뱉는 단조로운 소리의 박자들이 울려 퍼진다. 자신만의 박자에 빠져 있던 이들이 점차 하나의 박자로 모아지게 되면 곧 무리 전체가 춤추거나 한목소리로 함께 소리를 내지른다. "하―아, 하―아, 하―아―하!"는 우리가 제일 좋아했던 소리 중 하나였고, 또 "어―와, 어―와, 어―와― 하" 같은 소리도 있었다.

미친 듯이 익살을 피우고 펄쩍펄쩍 뛰며 비틀비틀 걷다가 거의 넘어질 뻔하며 균형을 잃다가도 태곳적 어두침침한 황혼 속에서 우리는 춤추고 노래를 불렀다. 모든 것을 잊어버리고 하나가 되어 감각적인 광란의 상태로 빠져들었다. 이렇게 붉은 눈을 향한 우리의 분노를 예술이 달래주었다. 밤의 공포가 밀려올 때까지 우리는 그 광란의 합창을 내질렀다. 그러다 별들이 나타나고 어둠이 내리면 서로를 나직이 불러가며 바위틈에 있는 굴로 제각기 기어 들어갔다.

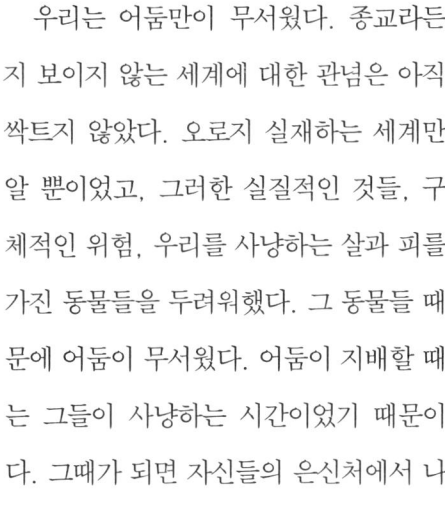

우리는 어둠만이 무서웠다. 종교라든
지 보이지 않는 세계에 대한 관념은 아직
싹트지 않았다. 오로지 실재하는 세계만
알 뿐이었고, 그러한 실질적인 것들, 구
체적인 위험, 우리를 사냥하는 살과 피를
가진 동물들을 두려워했다. 그 동물들 때
문에 어둠이 무서웠다. 어둠이 지배할 때
는 그들이 사냥하는 시간이었기 때문이
다. 그때가 되면 자신들의 은신처에서 나
온 맹수들은 눈에 띄지 않게 숨어 있던
어둠에서 튀어나와 사냥감을 향해 와
락 덤벼들었다.

어둠 속에 사는 이러한 동물들에
대한 두려움이 비현실적인 것들에 대
한 두려움으로 발전해 마침내 하나의
강력한 보이지 않는 세계에 대한
공포로 발전되었을지도 모른다. 상상력
이 발전해감에 따라 죽음에 대한 두려움도
커져갔는데, 그러다 보니 우리 후손들이 이 두려움을
어둠에 투영시켰고 영적인 존재들을 그 어둠 속에 채워넣었다.
내 생각에 불부족은 이미 이런 방식으로 어둠을 두려워하기 시
작한 듯하다. 하지만 우리 부족이 즐겁게 춤추고 노래하던 모

임을 해산하고 각자의 동굴로 도망친 까닭은 다름 아닌 늙은 호랑이 칼송곳니와 사자, 자칼, 들개와 늑대를 비롯해 모든 굶주린 맹수들 때문이다.

15

늘어진 귀가 결혼했다. 그때는 우리가 모험에서 돌아온 뒤 두 번째로 맞이한 겨울이었다. 그것은 전혀 예상하지 못한 일이었다. 그는 내게 어떠한 귀띔도 해주지 않았었다. 땅거미가 내린 무렵의 어느 날 우리의 동굴이 있는 벼랑으로 올라갔을 때 나는 그 사실을 처음으로 알았다. 동굴 입구로 몸을 쑤셔 넣다가 나는 멈추고 말았다. 내가 들어갈 곳이 없었기 때문이다. 늘어진 귀와 그의 짝이 벌써 동굴을 차지하고 있었다. 늘어진 귀의 짝은 그 누구도 아닌 바로 의붓아버지 수다쟁이의 딸인 내 여동생이었다.

나는 안으로 들어가려고 했다. 하지만 동굴에는 오로지 두 명만을 위한 공간만 있었고 이미 늘어진 귀와 내 여동생이 차지한 상태였다. 불리한 입장이었던 나를 그들이 할퀴고 털을 잡아당기다 보니 오히려 물러나는 것이 내게는 기쁜 일이 돼버렸다. 나는 그날 밤뿐만 아니라 다른 수많은 밤을 두 개의 동굴을 잇는 통로에서 보냈다. 내 경험으로 비추어보았을 때 그곳은 상당히 안전해 보였다. 우리 무리 중 두 명이 그곳으로 늙은 칼송곳니를 피해 도망쳤었고, 나 또한 붉은 눈을 피해 달아날 수 있었기에 두 동굴 사이를 앞뒤로 오가면 나를 사냥하려는 동물들을 피할 수 있으리라 생각했다.

하지만 나는 들개들을 잊고 있었다. 그들은 덩치가 작았기에 내가 간신히 들어갈 수 있는 통로라도 어느 곳이든 따라 들어왔다. 어느 날 밤 그들이 내 냄새를 맡고 나를 찾아냈다. 만약 놈들이 동시에 두 동굴 입구로 들어왔더라면 나는 그들에게 잡혔을 것이다. 하지만 한쪽 입구로만 들어온 녀석들에게 쫓겨, 나는 다른 쪽 동굴 입구로 뛰쳐나갈 수 있었다. 밖에 나가 보니 나머지 들개들이 모여 있었다. 내가 절벽 위로 튀어 기어오르기 시작하자 녀석들도 튀어 올랐다. 그들 중 몸이 마르고 굶주린 놈이 위로 기어오르던 내게 덤벼들었다. 녀석의 이빨은 내 허벅지 근육을 파고들었고 나를 거의 끌어내릴 뻔했다. 녀석은 계속 나를 물고 있었지만 나는 오로지 다른 들개들이 닿지 않는 곳으로 기어오르는 데 전력을 다했기에 놈을 떼어내려고 애쓰지 않았다.

다른 녀석들에게서 안전하게 벗어나자 내 허벅지를 파고드는 고통에 관심을 돌릴 수 있었다. 절벽을 향해 튀어 기어올라 나를 향해 달려드는 들개 떼로부터 3미터 남짓 멀어지고 나서야, 나를 물고 있던 녀석의 목을 잡아 천천히 숨통을 조였다. 한참을 그러고 있었다. 녀석이 뒷발로 내 털과 가죽을 할퀴고 찢어댔다. 그리고 나를 끌어내리기 위해 자신의 무게를 이용해 아래로 몸을 비틀고 잡아당겼다.

마침내 녀석의 이빨이 느슨해지더니 내 찢겨진 살에서 떨어져나갔다. 나는 절벽 위까지 놈의 시체를 끌고 올라갔다. 그날 밤은 늘어진 귀와 내 여동생이 차지해버린 내 옛날 동굴의 입구에다 자리를 폈다. 하지만 나 때문에 잠에서 깬 흥분한 무리들이 보내는 욕설을 먼저 견뎌야만 했다. 그래도 그들의 욕설에 복수를 했다. 때때로 아래에 모여 있는 들개 떼의 소음이 잠잠해질 때면 나는 돌을 떨어뜨려 녀석들을 다시 시끄럽게 만들었다. 그러면 사방에서 성난 무리의 욕설이 다시 내게 퍼부어지기 시작했다. 아침이 되자 나는 죽은 들개를 늘어진 귀 부부와 함께 나누어 먹었다. 며칠 동안 우리 셋은 채소나 과일은 먹지 않았다.

늘어진 귀의 결혼은 전혀 행복하지 않았다. 그 결혼이 준 위안이 있다면 그것이 그리 오래가지 않았다는 사실이다. 늘어진 귀나 나나 녀석이 결혼한 동안은 행복하지 않았다. 나는 외로웠다. 내 작고 안전한 동굴에서 쫓겨나온 불편을 감수해야만 했다. 게다가 다른 젊은 녀석들과 동굴을 나눠 쓰지도 않았다. 아마도 늘어진 귀와 오랫동안 나누었던 우정이 하나의 습관이 돼버렸나 보다. 나도 결혼을 했을지 모른다. 정말이다. 모르긴 몰라도 우리 무리에 여자가 귀하지만 않았어도 나는 분명 결혼했을 것이다. 붉은 눈의 터무니없는 과도함 때문에 여자가 부족했다고 여겨도 틀린 말은 아니다. 이것은 우리 무리가 생존하는 데 있어 붉은 눈이 위협적인 존재였음을 보여준다. 게다가 잊을 수 없는 그녀, 재빠른 것.

늘어진 귀의 결혼생활 동안, 나는 밤마다 잠이 들어도 결코 편하지 않았다. 위험 속에서 이리저리 방황하며 궁지에 몰렸다. 무리 중 한 명이 죽자 그의 아내가 다른 남자의 동굴로 가게 되었다. 나는 그녀가 버리고 간 동굴에 들어갔지만 그 동굴은 입구가 넓은 데다, 하루는 거기서 붉은 눈의 함정에 거의 빠질 뻔했다. 그 후로는 다시 두 개로 연결된 동굴의 통로로 돌아가 거기서 잠을 잤다. 하지만 여름이 되자 그 동굴에서 나와 예전에 늪 입구 근처 나무 위에다 만들어놓았던 둥지에서 잠을 잤다.

앞서 나는 늘어진 귀도 행복하지 않았다고 말했다. 내 여동생은 수다쟁이의 딸이다. 그러니 그녀 역시 늘어진 귀의 삶을 비참하게 만들었다. 다른 어떤 동굴에서도 그들만큼 많은 다툼과 싸움이 일어나지 않았다. 붉은 눈을 푸른 수염이라 한다면, 늘어진 귀는 부인에게 깔려 사는 남편이었다. 게다가 내 생각에 붉은 눈은 너무나 영리해서 늘어진 귀의 아내를 탐할 생각은 전혀 하지 않았을 것이다.

늘어진 귀에게는 천만다행으로 그의 아내는 죽었다. 그해 여름 뜻밖의 일이 벌어졌다. 여름이 거의 끝나갈 무렵 단단한 뿌리를 가진 당근이 다시 솟아났다. 생각지도 못했던 이 두 번째 자란 당근은 어리고 즙이 많았으며 부드러웠다. 그래서 한동안 우리 무리는 당근 밭에서 맛있게 당근을 먹으며 배를 채웠다. 어느 날 아침 일찍 우리 무리 중 수십 명이 이곳에서 아침을 먹고 있었다. 내 한쪽으로는 털 없는 놈이 있었다. 그 너머로는 그의 아버지 늙은 무릎과 아들인 긴 입술이 있었다. 내 반대쪽으로는 내 여동생과 늘어진 귀가 있었는데 여동생이 내 바로 옆에 있었다.

어떤 신호도 없었다. 갑자기 털 없는 놈과 내 여동생이 펄쩍 튀어 오르더니 비명을 질렀다. 동시에 나는 화살이 그들을 뚫고 들어가는 소리를 들었다. 다음 순간 그들은 땅으로 털썩 떨어져 몸부림치며 숨을 헐떡였고, 나머지는 나무를 향해 우르르 내달렸다. 화살 하나가 내 옆으로 빠르게 스쳐 지나가더니 땅에 박혔다. 깃털이 달린 화살대가 흔들리며 진동했다. 이미 땅에 박혀 있어 피할 필요도 없는 그 화살로부터 도망치기 위해 내가 어떻게 몸을 비꼈는지 선명하게 기억한다. 아마도 자신이 두려워하는 물체를 피하기 위해 뒷걸음질치는 말처럼 나도 놀라서 꽁무니를 빼고 달아났을 것이다.

내 옆에서 도망치던 늘어진 귀가 쿵하고 쓰러졌다. 날아든 화살이 종아리에 박혀 넘어진 것이다. 그는 도망치려 애썼지만 박힌 화살에 다시 넘어져 쓰러지고 말았다. 그는 몸을 쭈그리고 앉아 공포 속에 떨면서 나를 간절히 불렀다. 나는 그에게 뛰어갔다. 늘어진 귀가 화살을 보여주었다. 그 화살을 빼내기 위해 나는 그것을 붙잡았지만 오히려 그로 인한 고통 때문에 늘어진 귀는 내 손을 잡고 나를 막았다. 우리 사이로 화살이 날아들었다. 다른 화살은 바위에 맞아 부러지면서 땅으로 떨어졌다. 너무나 거센 공격이었다. 순간 나는 있는 힘을 다해 늘어진 귀의 다리에 박힌 화살을 잡아당겼다. 늘어진 귀는 화살이 뽑히자 비명을 질렀고 화가 나서 나를 때렸다. 하지만 다음 순간 우리는 전속력으로 달려 도망칠 수 있었다.

나는 뒤를 돌아다보았다. 한참 뒤에 홀로 처져 버려진 늙은 무릎이 조용히 비틀거리며 죽음이 뒤따르는 길을 도망쳐 오고 있었다. 이따금씩 거의 넘어질 뻔하다가 한 번은 크게 넘어지고 말았다. 하지만 화살은 더 이상 날아오지 않았다. 그는 힘없이 두 발로 일어섰다. 늙은 나이가 심한 짐이 되어 짓눌러왔지만 그는 죽고 싶지 않았다. 숲에 숨어 있다가 앞으로 달려 나온 세 명의 불부족 사람들이 늙은 무릎을 쉽게 잡을 수도 있었다. 하지만 그들은 그렇게 하지 않았다. 아마도 늙은 무릎이 나이가 너무 많아 질겨 보여서인가 보다. 대신에 털 없는 놈과 내 여동생을 잡았다. 나무에 숨어 뒤를 돌아보니 불부족 사람들이 손에 돌을 들고 털 없는 놈과 내 여동생의 머리를 내리치고 있었다. 불부족 사람들 중 한 명은 다리를 절름거리던 그 쭈글쭈글한 늙은 사냥꾼이었다.

우리는 동굴을 향해 숲을 가로질러 나아갔다. 흥분한 채 우왕좌왕 동굴로 향하던 우리 때문에 숲에 사는 모든 작은 동물들이 그네들의 굴속으로 도망쳤다. 큰어치새는 시끄럽게 비명을 질러댔다. 이제 당장 우리를 위협할 위험은 없었다. 긴 입술은 자신의 할아버지인 늙은 무릎을 기다렸다. 그 두 세대의 연결고리였던 털 없는 놈 없이 늙은이와 젊은 손자는 우리 뒤를 따라왔다.

이렇게 해서 늘어진 귀는 미혼 상태로 돌아왔다. 그날 밤 나는 그와 함께 우리의 동굴에서 잠을 잤고, 우리 둘 사이의 오랜 우정은 다시 시작되었다. 아내를 잃었다고 늘어진 귀가 슬퍼 보이지는 않았다. 적어도 그는 그런 기색을 내비치지 않았다. 또한 그녀가 필요해 보이지도 않았다. 늘어진 귀를 괴롭힌 것은 오히려 그의 다리에 난 상처인 듯했다. 하지만 일주일이 지나자 그는 다시 예전의 활발한 모습으로 돌아왔다.

늙은 무릎은 우리 무리에서 유일하게 나이가 많은 구성원이었다. 이따금 늙은 무릎을 머릿속에 떠올려보면 그의 모습이 아주 선명해지면서 그가 우리 아버지를 위해 일하던 정원사의 아버지와 놀랍게도 닮았음을 알게 되었다. 정원사의 아버지도 아주 나이가 많고 주름이 졌으며 쇠약했다. 더군다나 그가 자신의 작고 흐릿한 눈으로 바라보면서 치아가 없는 잇몸으로 중얼거릴 때면 완전히 늙은 무릎처럼 행동하는 듯 보였다. 내가 어렸을 때는 이토록 닮은 그의 모습이 너무나 무서웠다. 나는 이 늙은 노인이 두 개의 지팡이에 기댄 채 비틀거리며 걷는 모습을 볼 때면 언제나 도망쳤다. 게다가 늙은 무릎에게는 듬성듬성하게 제멋대로 뻗어 자란 흰 수염이 있었는데 정원사 아버지의 수염도 완전히 똑같아 보였다.

내가 앞서 말했다시피 늙은 무릎은 우리 무리 중 유일하게 나이가 많았다. 그는 예외적인 존재였다. 우리는 결코 오래 살지 못했다. 중년의 나이도 꽤 드물었다. 죽음의 가장 흔한 원인은 폭력이었다. 내 아버지가 죽었듯, 깨진 이빨이 죽었듯이, 내 여동생과 털 없는 놈이 그러했듯이 그들은 그렇게 갑작스럽게 그리고 잔인하게 삶의 정점인 한창 나이에 죽어나갔다. 자연사 같은 것은 없었냐고? 폭력으로 죽는 것이 당시에는 자연스럽게 죽는 방법이었다.

우리 무리 중 그 어느 누구도 나이가 들어 늙어 죽는 이는 없었다. 내가 알기로는 단 한 명도 없었다. 심지어 우리 세대에서 그런 기회를 유일하게 가지고 있던 늙은 무릎도 그렇게 죽지는 않았다. 신체 기능에 우연히 생긴 심각한 장애나 일시적 손상만 와도 그것은 곧 죽음이 임박했음을 의미했다. 보통 그런 죽음은 다른 이들의 눈에 띄지 않았다.

그저 눈에서 사라졌다. 아침에 동굴을 떠난 이들이 오후가 되어도 돌아오지 않고는 했다. 그들은 사라질 뿐이었다. 사냥하러 돌아다니는 동물들의 탐욕스러운 위 속으로.

당시의 우리는 몰랐지만 불부족 사람들이 당근 밭으로 침입해온 일은 모든 끝의 시작이었다. 불부족 사냥꾼들은 시간이 지날수록 더 빈번하게 출몰했다. 둘 또는 셋이서 무리를 지어 숲 속을 조용히 기어와서는 나무를 기어오르지 않고도, 그들이 지닌 날아다니는 화살을 이용해 먼 거리에서도 아무 문제없이 가장 높이 솟은 나무꼭대기에 있는 사냥감을 맞춰 떨어뜨릴 수 있었다. 활과 화살을 가지고 있었기에 그들의 놀랍게 울룩불룩한 근육의 힘이 도달할 수 있는 거리 역시 엄청나게 늘어날 수 있었다. 그래서 사실상 30미터 또는 그 이상의 높이까지 사냥하는 것이 가능했다. 이로 인해 그들은 칼송곳니보다 훨씬 더 무서운 존재가 되었다. 게다가 아주 영리했다. 그들은 더욱 효과적으로 생각할 수 있게 하는 언어를 가지고 있었고, 더욱이 서로 협동하는 행위도 이해하고 있었다.

우리 무리는 숲에 있을 때 아주 조심하게 되었다. 우리는 더욱 주의를 기울이며 경계를 했고 더 소심해졌다. 나무는 더 이상 의지할 수 있는 보호막이 되어주지 못했다. 더 이상 나뭇가지 위에 앉아 우리를 잡아
먹으려는 땅에 있는 육식
동물들을 비웃을 수 없었
다. 불부족 사람들이야말
로 30미터에 이르는 발톱
과 송곳니를 가진 육식동
물로 원시시대를 어슬렁
거리던 모든 육식동물 중
가장 끔찍한 존재였다.

　어느 날 아침 우리 무리
가 숲으로 흩어지기 전에,
강으로 내려가 물을 마시거나 떠오려 했던 이
들 사이에 무서운 일이 생겼다. 전체 무리가 동굴로 도망쳤다.
그럴 때는 먼저 도망부터 친 다음에 주위를 살펴보는 것이 우
리의 습관이었다. 우리는 동굴 입구에서 기다리며 지켜보았다.
좀 있으니 한 명의 불부족 사람이 조심스럽게 절벽 앞에 있는
빈터로 발걸음을 내딛었다. 그는 바로 그 작고 쭈글쭈글한 늙
은 사냥꾼이었다. 그는 한참을 서서는 동굴과 절벽을 위아래로
훑어보며 우리를 지켜보았다. 그는 물 마시는 곳으로 내려가는
많은 길 중 하나를 이용해 아래로 내려가더니 몇 분이 지나자
다른 길로 올라왔다. 다시 그는 우리를 오랜 시간 동안 주의 깊
게 바라보았다. 그러고 나서 그는 방향을 돌려 숲을 향해 절름

거리며 걸어 들어갔다. 투덜거리며 구슬프게 동굴의 입구에서
서로를 부르는 우리 무리를 뒤로 한 채.

16

내 어머니가 살았고, 늘어진 귀와 내가 처음으로 나무 둥지를 지었던 블루베리가 많은 늪지 근처에서 나는 그녀를 다시 만났다. 그것은 뜻밖의 일이었다. 내가 나무 아래로 다가갔을 때 귀에 익숙한 부드러운 소리가 들려 위를 올려다보았다. 그녀는 그곳에 있었다. 나뭇가지에 앉아 다리를 앞뒤로 흔들며 재빠른 것이 나를 내려다보고 있었다.

나는 얼마 동안 꼼짝도 하지 않고 서 있었다. 그녀를 바라보고 있으니 너무나 행복했다. 그런데 불안과 고통이 이 행복감 위로 스멀스멀 기어오르기 시작했다. 나는 그녀를 따라 나무 위로 기어올랐다. 그러자 그녀는 천천히 나뭇가지 바깥으로 물러섰다. 내가 그녀에게 막 다다를 무렵 재빠른 것은 공중으로 튀어 오르더니 옆에 있는 나뭇가지에 내려앉았다. 흔들거리는 나뭇잎 사이로 그녀는 나를 물끄러미 쳐다보며 부드러운 소리를 냈다. 나는 곧장 그녀를 향해 튀어 올랐다. 신나게 그녀를 쫓았지만 상황은 더 복잡해졌다. 세 번째 나무의 잎사귀 사이에서 그녀가 나를 내다보며 부드러운 소리를 내고 있었기 때문이다.

　모험여행을 다녀오기 전 늘어진 귀와 내가 보냈던 옛 시절과 지금은 아무래도 달라졌음을 나는 깨달았다. 나는 그녀를 원했다. 내가 그러하다는 것을 나 자신도 잘 알고 있었다. 또한 그녀도 알고 있었다. 그래서 재빠른 것은 내가 그녀에게 너무 가까이 다가가는 것을 허락하지 않았다. 나는 그녀가 진정 재빠른 것이었음을, 그래서 그녀가 나무타기 기술에 있어서는 내 스승임을 잊고 있었다. 나는 이 나무에서 저 나무로 그녀를 뒤쫓았다. 그럴 때마다 그녀는 친절한 눈빛으로 나를 바라보며 부드러운 소리를 내더니 딱 내 손이 닿지 않는 범위 내에서 춤을 추며 튀어 오르고 끽끽거렸다. 그녀가 내게서 피하면 피할수록 나는 더욱더 그녀를 잡고 싶었다. 그런 나의 헛된 노력을 길어지는 오후의 그림자가 지켜보고 있었다.

　이렇게 뒤를 쫓다가 이따금 옆에 있는 나무에서 쉬면서 그녀를 바라보고 있으니 재빠른 것이 변했음을 알아차리게 되었다. 그녀는 더 커졌고 무거워졌으며 훨씬 자라나 있었다. 그녀의 몸매는 더 부드러워졌고 근육이 더 발달되어 있었다. 분명하지는 않지만 어떤 성숙함이 새롭게 그녀에게서 느껴졌는데, 그것이 나를 더 자극했다. 3년 동안 그녀는 사라졌었다. 적어도 3년이다. 그런데 그녀 안에서 일어난 변화는 도드라졌다. 내가 3년이라 말한 이유는 그것이 내 계산에 가장 가까운 수치이기 때문이다. 어쩌면 4년이 흘렀을지도 모른다. 왜냐하면 앞서 일어난 3년 동안의 일들이 혼동되기 때문이다. 그런데 생각하면 할수록 그녀가 사라진 것은 확실히 4년 동안인 것 같다.

　그녀가 어디로 사라졌었는지, 왜 그랬는지 그리고 그녀에게 무슨 일이 일어났었는지 나는 모른다. 그녀가 내게 이야기해줄 수 있는 방법도 없었다. 그것은 마치 늘어진 귀와 내가 여행을 통해 보았던 것을 우리 무리에게 이야기할 수 없었던 것과 마찬가지이다. 우리처럼 그녀도 어쩌면 모험이 가득한 여행을 혼자서 했을지 모른다. 한편으로는 붉은 눈이 그녀를 사라지게 만든 원인일 수도 있다. 그가 숲을 헤매면서 이따금씩 그녀에게 접근했음이 틀림없다고 나는 확신한다. 그래서 만약 붉은 눈이 재빠른 것을 뒤쫓았다면 의심할 여지없이 그것만으로도 충분히 그녀를 멀리 도망치게 했을 것이다. 뒤이어 일어난 일을 통해 나는 재빠른 것이 분명 어떤 무리와도 멀리 떨어진 채 저 멀리 남쪽까지 이르러 산맥을 가로질러 나아가 이상한 강의 강둑 아래 지역을 헤맸으리라 믿게 되었다. 많은 나무부족 사람들이 그 아래 지역에서 살았는데, 재빠른 것을 다시 우리 무리에게로, 마침내 내게로 돌아오게끔 쫓아낸 이들이 바로 그들일 거라고 나는 생각한다. 그렇게 생각하게 된 이유는 나중에 설명하겠다.

그림자는 더 길어졌고 나는 전보다 더 열렬히 재빠른 것을 뒤쫓아보았지만, 여전히 그녀를 잡지 못하고 있었다. 그녀는 마치 내게서 필사적으로 도망치려는 듯 보였지만 언제나 겨우 내가 닿을 수 없을 정도의 거리만 유지했다. 나는 모든 것을 잊어버렸다. 시간도, 밤이 다가오고 있음도, 나를 위협하는 사나운 들짐승들도 말이다. 나는 그녀를 향한 사랑에 미쳐 있었다. 또한 그녀를 향한 분노에도 역시 미쳐 있었다. 내가 다가가는 것을 그녀가 허락하지 않았기 때문이다. 하지만 그녀에 대한 이 분노가 그녀를 향한 갈망의 한 부분처럼 보이게 된 것은 이상한 노릇이다.

내가 말했듯이 나는 모든 것을 잊었다. 들판을 가로질러 그녀를 쫓으면서 뱀들이 사는 영역을 전속력으로 뛰었다. 녀석들은 나를 막지 못했다. 내가 미쳐 있었기 때문이다. 그들이 나를 공격했지만 나는 몸을 살짝 피해 날쌔게 뛰쳐나갔다. 그 뒤를 이어 평소 같으면 비명을 지르며 나를 나무꼭대기로 도망치게 만들었을 비단뱀이 나타났다. 물론 녀석 때문에 나는 나무로 도망을 쳤지만 재빠른 것이 시야에서 사라지자 나는 다시 들판으로 빠르게 달려 나와 계속해서 그녀를 찾았다. 구사일생으로 나는 비단뱀을 피했다. 그다음에는 오래전부터 나의 적이었던 하이에나가 등장했다. 내 행동을 통해 분명 무슨 일이 일어나고 있음을 알게 된 녀석은 1시간 동안이나 나를 쫓아왔다. 그러다 야생 돼지 떼를 화나게 만드는 바람에 돼지 떼에게 또 쫓겨다녔다. 재빠른 것은 나무와 나무 사이를 겁도 없이 뛰어서 옮겨갔지만 나에게는 무리였다. 땅으로 내려가 뒤쫓을 수밖에 없었다. 그런데 땅에는 돼지들이 있었다. 그래도 나는 신경 쓰지 않았다. 가장 가까이에 있는 녀석에게서 1미터 정도 떨어진 곳까지 발을 내딛었다. 내가 뛰어나가자 녀석들은 측면에서 나를 공격했는데 재빠른 것을 따라가야 하는 방향과 떨어진, 두 개의 다른 나무 사이로 나를 몰아갔다. 나는 급히 몸을 틀어 다시 땅을 내달려 들판을 가로질러 뛰었다. 모든 돼지 떼들이 툴툴거리며 바짝 털을 곤두세운 채 어금니를 갈아대면서 내 발꿈치 뒤를 쫓았다.

만약 그 들판에서 발이라도 걸려 넘어졌다면 목숨을 장담하지 못했을 것이다. 하지만 나는 넘어지지 않았다. 그리고 넘어지든 안 넘어지든 그런 것에 상관하지도 않았다. 나는 마치 늙은 칼송곳니 녀석과 마주한 것 같은 기분에 휩싸여 있었다. 아니면 활을 쏘아대는 스무 명 정도의 불부족 사람들과 대면한 듯한 기분이었다. 바로 그것이 내게는…… 사랑의 광기였다.

하지만 재빠른 것은 달랐다. 그녀는 아주 현명했다. 그녀는 어떤 위험에도 빠지지 않았다. 수세기를 가로질러 그 거친 사랑의 추적을 되짚어보면 돼지 떼들이 나를 못 가게 막았을 때조차 그녀는 아주 빨리 달아나기보다는 오히려 내가 다시 쫓아올 수 있도록 기다려주었음을 기억할 수 있다. 또한 언제나 자신이 나아가고자 하는 방향으로 가면서도 자신이 도망칠 방향을 내 앞에서 가르쳐주었다.

마침내 어둠이 내렸다. 재빠른 것은 나무 사이로 튀어나온 이끼가 낀 협곡의 등성이를 따라 나를 이끌었다. 그다음에는 빽빽하게 들어선 덤불 사이를 통과해야만 했는데 나는 그 사이를 통과하다 온몸이 긁히고 찢겼다. 하지만 그녀는 털 하나도 헝클어지지 않았다. 그녀는 길을 알고 있었던 것이다. 덤불의 한가운데 거대한 떡갈나무가 있었다. 그녀가 그 나무 위로 올라갈 무렵 나는 아주 가깝게 다가가 있었다. 그리고 나뭇가지 틈, 내가 그렇게 오랫동안 헛되게 찾았던 그녀의 둥지 속에서 마침내 나는 그녀를 붙잡았다.

하이에나가 우리의 길을 뒤쫓아왔다. 녀석은 땅에 앉아서 배고픈 신음소리를 냈다. 하지만 우리는 신경 쓰지 않았다. 녀석이 으르렁거리다가 곧 덤불 속으로 사라져버리자 우리는 녀석을 비웃었다. 때는 봄날 밤이었다. 여기저기서 다양한 소음들이 들려왔다. 한 해의 그맘때쯤이면 으레 동물들 사이에서 싸우는 일이 빈번해진다. 나무 둥지에서 우리는 야생마들이 비명을 지르며 우는 소리와 코끼리들이 질러대는 소리, 사자가 울부짖는 소리를 들을 수 있었다. 그러나 따스한 대기 사이로 달이 나타나자 우리는 어떤 두려움도 없이 웃어댔다.

다음 날 아침 목털을 세우며 너무나 격렬히 싸우고 있던 두 마리의 수탉을 본 나는 곧장 녀석들에게 다가가 그들의 목을 거머잡았다. 그렇게 해서 재빠른 것과 나는 우리가 결혼한 다음 날의 아침식사를 마련했다. 아주 맛있는 식사였다. 봄에는 새들을 잡는 것이 쉽다. 그해 어느 날 밤에는 달빛 속에서 두 마리의 엘크가 싸우고 있었는데, 수사자와 암사자가 조용히 들키지 않고 녀석들에게 다가가더니 한창 싸우고 있던 두 녀석을 잡는 장면을 우리는 나무 위에서 지켜볼 수 있었다.

재빠른 것의 나무 둥지에서 얼마나 오랫동안 우리가 살았는지는 말해줄 방법이 없다. 그러나 하루는 우리가 나가 있는 사이 그 나무 위로 번개가 쳤다. 큰 나뭇가지들은 쪼개져버렸고 둥지는 파괴되었다. 나는 다시 둥지를 지어보려 했지만 재빠른 것은 그렇게 하지 않았다. 알고 보니 그녀는 번개를 엄청 두려워했다. 나무로 돌아오라고 그녀를 설득할 수도 없었다. 그렇게 해서 재빠른 것과 나의 신혼 밀월은 끝이 났고 동굴로 돌아왔다. 늘어진 귀가 결혼했을 때 나를 동굴에서 쫓아낸 것처럼 나도 녀석을 쫓아냈다. 그렇게 재빠른 것과 내가 동굴을 차지

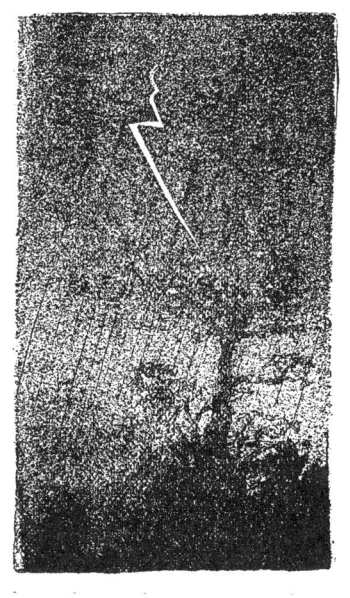

했다. 그러는 사이 늘어진 귀는 두 개로 이어진 동굴의 연결 통로에서 밤을 보냈다.

그런데 우리가 무리와 함께 살기 위해 온 것 때문에 문제가 생겨났다. 노래하는 것을 아내로 맞이한 후에 얼마나 더 많은 아내를 붉은 눈이 얻었는지 나는 모른다. 노래하는 것은 이미 이 세상을 떠났다. 이제 붉은 눈은 작고 연약한 기운 없는 여자를 아내로 데리고 있었는데, 붉은 눈이 때리나 때리지 않으나 그녀는 언제나 훌쩍거리며 흐느껴 울었다. 그녀가 이 세상을 떠나는 일도 시간문제였다. 그런데 그녀가 죽기도 전에 붉은 눈은 이미 재빠른 것에게 눈독을 들였다. 그렇게 붉은 눈의 아내가 죽자 재빠른 것의 고난이 시작되었다.

그녀가 재빠른 것이어서 나무 사이로 빠르게 도망칠 수 있는 놀라운 능력을 가진 것이 정말 다행이었다. 붉은 눈의 손아귀에서 벗어나기 위해서는 모든 지혜와 용기를 동원해야 했다. 나는 그녀를 도와줄 수 없었다. 붉은 눈이 너무나 강력한 괴물이었기에 내 사지를 갈기갈기 찢어버릴 것이 분명했기 때문이다. 사실 죽을 때까지 나는 비 올 때마다 걸리고 뻐근한, 부상 당한 어깨를 지닌 채 살게 되었는데, 그것은 붉은 눈이 내게 남긴 상흔이었다.

내가 그 부상을 당했을 때 재빠른 것은 몸이 아팠다. 그것은 분명 우리가 이따금씩 앓았던 말라리아였을 것이다. 어쨌든 그 병이 무엇이든 간에 재빠른 것은 몸이 둔하고 무거워져 있었다. 붉은 눈이 동굴에서 몇 킬로미터 남쪽으로 떨어진 들개의 굴 근처로 재빠른 것을 몰았을 때 그녀는 근육의 힘이 빠져 평소처럼 튀어 오르지도 못하고 불쌍한 모습으로 도망만 칠 뿐이었다. 보통 때였다면 재빠른 것이 붉은 눈의 주위를 뱅뱅 돌면서 곧장 놈에게 달려들어 내려쳤을 것이다. 그리고는 입구가 작은 우리의 동굴로 도망쳐 안전하게 몸을 피했으리라. 그러나 이번에는 붉은 눈의 주위를 돌 수가 없었다. 그녀의 몸이 너무나 무디고 느렸기 때문이다. 붉은 눈이 길을 막아설 때면 도망치기를 포기하고 놈의 손아귀에 붙잡히지 않기 위해 재빠른 것은 온 힘을 다 쏟았다.

그녀가 아프지만 않았어도 붉은 눈을 따돌리기란 식은 죽 먹기였을 것이다. 하지만 몸이 아팠기에 모든 주의를 기울여야 했고 빈틈없는 꾀가 필요했다. 붉은 눈에 비해 가느다란 나뭇가지를 타고 더 멀리 튀어 오를 수 있는 것은 재빠른 것이 가진 장점이었다. 게다가 그녀는 거리를 정확히 가늠하는 능력도 아주 뛰어난 데다가, 본능적으로 나무의 잔가지와 중간가지, 썩은 몸통의 튼튼한 정도를 구별할 수 있었다.

그것은 끝없이 이어지는 추격전이었다. 숲 전체를 가로질러 뱅뱅 돌고 뒤로 갔다가 앞으로 가면서 그들은 쫓고 쫓겼다. 무리 사이에는 큰 흥분이 일어났다. 붉은 눈이 멀리 떨어져 있을 때는 무리에서 가장 큰 함성이 일어났다가 둘 사이의 간격이 좁혀지면 함성도 줄어들었다. 그들은 무능한 구경꾼들이었다. 여자들이 비명을 지르고 무서움으로 몸을 벌벌 떨면서 재잘거렸고, 남자들은 덧없는 분노에 가슴만 두들겨댈 뿐이었다. 특히 큰 얼굴이 몹시 화를 냈는데 붉은 눈이 가까이 다가오면 자신의 화난 소리를 가라앉히긴 했어도 남들만큼 터무니없이 작게 그 소리를 줄이지는 않았다.

나 역시 어떤 용맹한 역할도 하지 못했다. 나는 결코 영웅이 아니었다. 게다가 내가 붉은 눈과 맞선다고 한들 무슨 좋은 일이 있겠는가? 그는 강력한 힘을 가진 괴물이었고 지독히도 포악한 야수였다. 힘으로 싸운다면 내게는 그 어떤 희망도 없었다. 놈이 나를 죽여도 상황은 달라질 것이 없었다. 녀석은 이제 재빠른 것이 동굴로 피하기 전에 그녀를 잡아챌 것이다. 일이 그리 될 것이기에 나는 덧없는 분노 속에 그 추격을 바라볼 뿐이었고, 붉은 눈이 너무 가까이 다가오면 화내는 것도 접어두고 길에서 피하는 수밖에 없었다.

몇 시간이 흘렀다. 때는 늦은 오후였다. 그리고 여전히 추격은 계속되었다. 붉은 눈은 재빠른 것을 지치게 만들 심산이었다. 그는 의도적으로 재빠른 것을 지치게 했다. 시간이 한참 지나자 그녀는 결국 녹초가 되어 더 이상 신속히 도망칠 수 없었다. 그때 재빠른 것은 붉은 눈이 다가올 수 없게 저 멀리 뻗어 있는 가장 가는 나뭇가지 위로 도망치기 시작했다. 그렇게 함으로써 재빠른 것은 잠시 숨을 돌렸을지도 모른다. 하지만 붉은 눈은 악마와도 같았다. 그녀 뒤를 쫓을 수 없게 되자 그녀가 있는 나뭇가지를 흔들어 재빠른 것을 몰아내려고 했다. 자신이 가진 모든 힘과 무게를 이용해 나뭇가지를 앞뒤로 흔들어대던 붉은 눈은 마침내

채찍 끝으로 파리를 잡아채듯이 재빠른 것을 가지에서 홱 떨어지게 만들었다. 처음에는 재빠른 것이 그 아래에 뻗어 있던 가지로 떨어져서 목숨을 구할 수 있었다. 다음에는 땅으로 떨어질 수밖에 없었지만, 가지 덕분에 떨어지는 충격이 중간에 약해졌다. 또 한번은 붉은 눈이 너무나 세게 재빠른 것을 가지에서 나가떨어지게 하는 바람에, 그녀는 다른 나무 사이에 난 허공으로 내팽개쳐졌다. 재빠른 것이 때마침 나뭇가지를 붙잡아 목

숨을 구한 것이 너무나 경이로운 일이었다. 어쩔 수 없이 가는 가지로 내몰릴 때에만 잠시나마 그녀는 안전할 수 있었다. 하지만 너무나 지쳐 있었기에 그렇게 위험한 지경이 되지 않고서는 붉은 눈을 피할 재간이 없는 데다가, 시간이 지날수록 더욱 작은 나뭇가지 쪽으로 몰리게 되었다.

여전히 추격은 계속되었고 무리도 여전히 비명을 지르고 가슴을 두들겨대며 이빨만 갈고 있었다. 그러다 마침내 끝에 이르렀다. 해가 거의 지고 나서 어스름이 내릴 무렵이었다. 몸을 부들부들 떨며 숨을 쉬기 위해 애쓰면서 헉헉거리던 재빠른 것은 높이 솟아 있는 얇은 나뭇가지에 애처롭게 매달려 있었다. 그 가지는 땅에서 9미터 정도 떨어져 솟아 있었고 중간에 가로막는 것은 아무것도 없었다. 붉은 눈은 그 가지를 아래로 더 힘껏 잡아당겨 앞뒤로 흔들었다. 그가 무게를 실어 매번 흔들 때마다 나뭇가지는 시계추가 되어 더욱더 넓게 흔들거렸다. 아래로 가지가 완전히 내려오기 바로 직전 붉은 눈이 방향을 반대쪽으로 급작스레 바꾸었다. 나뭇가지를 잡고 있던 재빠른 것의 손이 갑자기 풀렸고 그녀는 땅으로 내동댕이쳐졌다.

하지만 공중에서 자세를 바로 잡더니 발을 먼저 내딛어 땅에 닿았다. 그러한 높이에서 떨어졌다 하더라도 평상시 같으면 다리 근육의 탄력을 이용해 땅에 닿는 충격을 줄였을 것이다. 그러나 그녀는 다리 근육의 탄력을 이용하기에는 너무나 지쳐 있었다. 다리가 받쳐주었지만 충격을 다 감당하기에는 역부족이

어서 결국 옆으로 쓰러지고 말았다. 이로 인해 다친 것은 아니었지만 숨이 막혀버린 채, 무기력하게 널브러져 숨을 쉬려 안간힘을 쓰고 있었다.

붉은 눈은 그녀를 향해 달려들어 움켜잡았다. 옹이투성이 손가락으로 머리채를 휘어잡더니 몸을 일으켜 세워서는 나무에서 지켜보던 놀란 무리를 향해 승리와 위협의 고함을 질러댔다. 바로 그 순간에 나는 정신이 나가버렸다. 내 육신의 살고자 하는 의지 따위는 잊어버린 채 경계심 같은 것은 바람에 날려버렸다. 심지어 붉은 눈이 울부짖고 있는데도 뒤에서 그에게 달려들었다. 내 공격이 너무나 뜻밖이었기 때문에 나는 그를 넘어뜨릴 수 있었다. 내 팔과 다리로 놈의 몸통을 휘어 감고 그를 짓누르기 위해 온 힘을 다했다. 만약 붉은 눈이 한 손으로 재빠른 것의 머리채를 단단히 쥐고 있지 않았다면 이는 불가능했을 것이다.

내 행동에 큰 얼굴도 자극을 받았는지 뜻밖에도 내 동지가 돼주었다. 앞으로 달려든 그는 붉은 눈의 팔을 물어뜯고는 그의 얼굴을 향해 미친 듯이 날뛰었다. 바로 이 순간이야말로 모든 무리들이 함께 가담해야 할 때였다. 영원히 붉은 눈을 처단할 수 있는 기회였다. 그러나 그들은 두려워하며 나무 속에 숨어 있었다.

붉은 눈이 우리 둘과 싸워 이기는 것은 불을 보듯 뻔했다. 그가 우리를 즉각 처리할 수 없었던 이유는 재빠른 것이 그의 움직임을 방해했기 때문이다. 호흡을 되찾은 그녀는 다시 저항했다. 붉은 눈이 그녀의 머리칼을 붙잡고, 놓아주지 않으려 했고 이로 인해 그는 불리해졌다. 그는 내 팔을 단단히 움켜쥐고 있었는데 이것이 바로 내게 일어날 나쁜 결과의 첫 조짐이었다. 붉은 눈은 내 목을 이빨로 물어뜯기 위해 나를 자신 쪽으로 끌어당기기 시작했다. 입을 벌린 채 그가 히죽거렸다. 이제 막 붉은 눈이 자신의 힘을 행사했을 뿐인데도 내 어깨는 그 힘에 비틀어져서 남은 평생을 아픔 속에서 고통 받게 되었다.

바로 그 순간에 일이 벌어졌다. 어떤 경고도 없었다. 엄청 거대한 덩치가 한데 엉켜 있는 우리 넷을 향해 세차게 돌진했다. 우리는 격렬하게 밀쳐져 흩어진 채 계속해서 데굴데굴 굴렀다. 워낙 순식간에 일어난 일에 놀라서는 서로를 쥐고 있던 것을 놓아버렸다. 그 충격의 순간에 큰 얼굴이 끔찍하게 비명을 질렀다. 비록 나무를 향해 재빨리 튀어 올라가면서 호랑이의 냄새를 맡고 줄무늬 가죽을 어렴풋이 보긴 했지만, 나는 도저히 무슨 일이 일어났는지 알 수가 없었다.

그것은 바로 늙은 호랑이 칼송곳니였다. 우리가 일으킨 시끄러운 소리에 자신의 굴에서 잠이 깬 놈이 우리가 알아채지 못한 사이 슬며시 기어온 것이다. 재빠른 것은 내 옆에 있는 나무 위로 올라왔고 나는 즉시 그녀에게로 갔다. 내 팔을 그녀에게 두르고는 그녀가 부드럽게 흐느껴 우는 동안 꽉 안아주었다. 땅에서는 으르렁거리는 소리와 함께 뼈를 와그작와그작 씹어 먹는 소리가 들렸다. 바로 칼송곳니가 자신의 저녁식사로 좀 전까지만 해도 큰 얼굴이었던 것을 먹어치우는 중이었다. 가지 위에서는 눈 가장자리가 붉게 충혈된 붉은 눈이 내려다보고 있었다. 자신보다 더 강한 괴물이 여기 있었던 것이다. 무리가 함께 모여 옛날부터 적이었던 호랑이를 향해 욕설을 퍼붓고 잔가지와 큰 나뭇가지를 집어던지는 사이, 재빠른 것과 나는 몸을 돌려 나무들 사이를 지나 조용히 동굴로 향했다. 호랑이는 꼬리를 마구 흔들며 으르렁거리면서도 계속해서 저녁식사를 먹어치웠다.

그렇게 해서 우리는 살아남았다. 이는 그저 우연이었다. 순전한 우연이었다. 그렇지 않았다면 나는 분명 붉은 눈의 손아귀에서 죽었을 테고, 천 세기라는 긴 시간이 흐른 지금 신문을 읽고 자동차를 타는……. 그렇다. 지나간 일들의 이야기를 이 순간에도 쓰고 있는 한 명의 후손과 이어지는 일은 없었을 것이다.

17

그 일은 이듬해 초가을쯤에 일어났다. 재빠른 것을 얻는 데 실패한 붉은 눈이 다른 아내를 취했다. 이상한 이야기이긴 하지만 그녀는 여전히 살아 있었다. 더 이상한 것은 그들 사이에 붉은 눈의 첫 번째 자식인 몇 개월 된 아이도 있다는 점이다. 전처들 중 누구도 붉은 눈에게 아이를 낳아줄 만큼 충분히 오래 살지 못했다. 그해는 우리 모두에게 좋은 시절이었다. 날씨는 놀랍도록 온화했고 음식도 풍성했다. 그해의 순무가 어찌나 맛있었던지 지금도 기억이 난다. 나무 열매도 정말 알알이 꽉 찼었고, 야생 자두는 평소보다 크고 달았다.

짧게 말해 그때는 황금시절이었다. 그런데 그 일이 일어났다. 이른 아침이었다. 동굴에 있던 우리는 놀라 잠이 깼다. 우리 대부분은 죽음을 마주하기 위해 차가운 회색빛 속에서 깨어났다. 재빠른 것과 나는 날카로운 비명소리와 끽끽거리는 소리의 대혼란 속에서 잠이 깼다. 우리 동굴은 절벽에 있는 동굴 중 가장 높은 곳에 있었다. 입구로 기어 나가 아래를 살펴보았다. 절벽 앞 빈터는 불부족 사람들로 가득 차 있었다. 그들의 울부짖는 소리와 고함소리가 이 소란에 더해졌지만, 우리 부족과 달리 그들은 질서 있고 계획적인 움직임을 보였다. 자신을 위해 움직이며 싸우고 있던 우리 무리 중 그 누구도 앞으로 닥칠 엄청난 불행의 정도를 알지 못했다.

우리가 돌을 아래로 집어 던질 무렵 불부족 사람들은 절벽 아래에 가득 모여 있었다. 그들이 절벽에서 비켜났을 때 그들 중 세 명이 땅바닥에 널브러져 있던 것으로 보아 우리의 첫 번째 공격이 몇몇의 머리를 가격했음에 틀림없다. 그 세 명은 버둥버둥 몸부림치고 있었는데 그중 한 명은 기어서 도망치려 했다. 하지만 우리는 그들을 꼼짝 못하게 했다. 우리 무리의 수컷들이 분노로 고함을 지르며 아래에 있는 그 세 명을 향해 돌을 비같이 쏟아 부었다. 불부족 중 몇몇이 그들을 안전하게 끌어내기 위해 돌아왔지만 우리가 던지는 돌 때문에 그들을 구출해 낼 수가 없었다.

불부족은 분노하기 시작했다. 또한 그들은 조심스럽게 경계를 했다. 화를 내며 고함을 지르긴 했어도 그들은 거리를 유지한 채 우리를 향해 화살을 쏘기 시작했다. 이로 인해 우리는 돌

던지기를 중단할 수밖에 없었다. 이때쯤 되자 우리 중 여섯 명이 화살에 맞아 죽었고, 스무 명이 부상을 당했다. 나머지는 동굴 안쪽으로 피해 들어갔다. 높이 위치한 내 동굴도 그들의 사정권 안에 들었지만 그 거리로는 화살을 쏘아도 별 효과가 없었는지 불부족 사람들은 나를 향해 많은 화살을 쏟아 붓지 않았다. 더군다나 나는 너무나 궁금했다. 나는 무슨 일이 일어나고 있는지 보고 싶었다. 내가 안으로 들어오지 않자 재빠른 것이 동굴 안쪽에 남아 두려움에 떨며 구슬픈 소리를 낮게 내었다. 하지만 나는 입구에서 몸을 쭈그려 밖을 살펴보았다.

싸움은 이제 간헐적으로 이어졌다. 일종의 교착상태였다. 우리가 동굴 속에 숨어 있었기에 우리를 밖으로 어떻게 끄집어낼지가 불부족 사람들이 당면한 문제였다. 그들은 감히 우리를 쫓아 가까이 다가오지 못했고 우리 무리도 대부분 그들의 화살을 향해 몸을 드러내려 하지 않았다. 때때로 그들 중 한 명이 절벽 아래로 가까이 다가오면 우리 무리 중 한 명이 돌을 집어 아래로 내던졌다. 그러면 그를 향해 대여섯 개의 화살이 날아왔다. 한동안은 이 계획이 잘 맞아떨어졌지만 결국 얼마 지나지 않아 불부족은 자신의 몸을 노출시키는 짓은 더 이상 하지 않았다. 교착상태는 끝났다.

불부족 뒤에서 이 모든 것을 지시하고 있던 조그맣고 쭈글쭈글한 그 늙은 사냥꾼을 나는 볼 수 있었다. 그들은 그의 말에 순종하여 그의 지시에 따라 이곳저곳으로 움직였다. 그들 중 일부는 숲으로 들어가 마른 나뭇가지와 잎, 풀을 한 가득 모아왔다. 모든 불부족 사람들이 더 가까이 다가왔다. 대부분이 활과 화살을 들고 우리 무리 중 몸을 드러내는 이는 누구라도 쏘기 위해 서 있는 가운데, 다른 예닐곱 명이 마른 풀과 나무 더미를 벼랑 맨 아래 열에 있는 동굴 입구에 쌓기 시작했다. 이 더미에 그들은 우리가 두려워했던 그 괴물, 즉 불을 지폈다. 처음에는 연기가 가늘게 올라오며 절벽을 휘감았다. 그러더니 나무 더미 속에서 작은 뱀처럼 안과 밖으로 뻗어 나오는 붉은 혀를 가진 불길이 보였다. 연기는 더욱 짙어져서 이따금 절벽 전체를 뒤덮어버렸다. 연기가 내 눈을 쑤시자 주먹으로 눈을 비비긴 했어도, 내 동굴은 제일 높은 곳에 있었기에 그다지 큰 문제는 없었다.

늙은 무릎이 제일 먼저 연기 때문에 내몰렸다. 바로 그때 가벼운 바람 한 줄기가 연기를 흩어버렸기에 그 모습을 분명히 볼 수 있었다. 늙은 무릎은 연기를 뚫고 밖으로 나왔다가는 타고 있는 숯에 발을 내딛었고 그로 인한 갑작스러운 아픔에 비명을 지르며 절벽을 오르려 했다. 화살이 그를 향해 빗발쳤다.

그는 절벽의 튀어나온 부분에 잠시 멈춰 서서는 몸을 지탱하기 위해 바위를 움켜잡고는 숨을 헐떡이고 기침을 하며 머리를 흔들어댔다. 그는 앞뒤로 몸을 흔들었다. 깃털이 달린 열두 개의 화살이 그에게 박혔다. 그는 노인이었다. 죽고 싶어하지 않았다. 그는 무릎으로 지탱하여 점점 더 몸을 앞뒤로 흔들었다. 앞뒤로 몸을 흔들면서 가장 구슬프게 울부짖었다. 돌을 움켜쥐고 있던 그의 손이 풀리면서 늙은 무릎은 갑자기 기울었고 아래로 떨어졌다. 슬프게도 그의 늙은 뼈는 분명 조각조각 부서졌으리라. 그는 신음하면서 힘없이 일어서 보려고 애썼지만, 불부족 사람들은 그를 향해 달려들어 몽둥이로 골통을 내리쳤다.

늙은 무릎에게 일어난 일이 무리의 많은 이들에게도 일어났다. 연기에 질식하는 것을 견딜 수 없던 그들은 밖으로 튀어나와 화살 속에서 쓰러져갔다. 몇몇 여자와 아이들은 동굴에 남아 있다가 질식해 죽었지만 대부분은 동굴 밖에서 죽음을 맞았다.

이렇게 해서 첫 번째 열의 동굴을 해치운 불부족 사람들은 두 번째 열에 있는 동굴도 같은 방식으로 공격하기 위해 준비했다. 그들이 풀과 나무를 들고 두 번째 열을 향해 올라가고 있는데 붉은 눈이 아기를 단단히 안고 있는 자신의 부인과 함께 절벽 위로 도망치는 데 성공했다. 불부족 사람들은 연기로 우리를 끄집어내는 과정 사이사이에 우리가 동굴 속에만 머물러 있으리라 생각했음이 분명했다. 그래서 그들은 화살을 쏠 준비가 되어 있지 않아 붉은 눈과 그 아내가 절벽 위로 올라갈 때까지 화살을 쏘지 못했다. 꼭대기에 올라간 붉은 눈은 방향을 돌려 아래에 있는 불부족을 노려보았고 가슴을 치며 울부짖었다. 불부족은 그를 향해 화살을 쏘아댔고, 화살이 닿지 않는 거리임에도 붉은 눈은 이내 도망쳐버렸다.

나는 세 번째 열, 네 번째 열의 동굴들이 차례로 연기에 공격당하는 것을 보았다. 몇몇은 절벽 위로 기어올라 몸을 피했지만 대부분은 절벽 위로 오르기 위해 애쓰다가 화살에 맞아 떨어져나갔다. 나는 긴 입술의 최후를 기억한다. 그는 불쌍하게 울부짖으며 내 동굴이 있는 암반까지 기어올라왔지만 화살이 그의 가슴을 관통했다. 기어오르던 긴 입술의 등을 관통한 깃털 달린 화살대는 등 뒤로 박혔고, 뼈로 만든 화살촉은 그의 가슴 앞쪽으로 뾰족하게 솟아나왔다. 그는 암반까지 기어올라왔지만 입에서 피를 한가득 흘리며 푹 쓰러지고 말았다.

그때쯤 되자 위쪽에 자리 잡은 동굴에 살던 이들이 스스로 동굴에서 나왔다. 아직 연기에 공격받지 않은 무리의 대부분이 절벽 위로 동시에 기어올랐다. 이로 인해 많은 이들이 목숨을 부지할 수 있었다. 불부족은 화살을 빠르게 쏘아대지 못했다. 그들이 화살로 공중을 가득 메웠기에 화살에 맞은 이들 수십 명이 아래로 굴러 떨어졌다. 하지만 그래도 몇몇은 절벽 위로 올라와 도망칠 수 있었다.

이제 호기심보다는 도망쳐야겠다는 충동이 내 안에 더욱 강하게 일어났다. 화살이 날아오는 것이 중단되었다. 아마 위쪽에 자리 잡은 동굴에서는 여전히 몇몇이 숨어 있을지도 모르지만, 마지막까지 남아 있던 무리도 모두 사라져버린 듯하다. 재빠른 것과 나는 절벽 꼭대기로 기어오르기 시작했다. 우리를 보자 불부족 사람들이 큰 소리를 질렀다. 나 때문이 아니라 재빠른 것 때문에 그들은 소리를 질렀다. 홍분해서 마구 떠들며 서로가 그녀를 가리켰다. 그들은 재빠른 것을 쏘려 하지 않았다. 화살은 하나도 쏘지 않았다. 그들은 부드럽게 달래듯 그녀를 부르기 시작했다. 나는 멈춰 서서 뒤를 돌아보았다. 그녀는 두려움에 울먹거리며 나보고 계속 올라가라고 재촉했다. 그래서 우리는 꼭대기로 올라가 나무 사이로 뛰어 들어갔다.

지금까지도 그때를 떠올리며 종종 생각에 잠겨보곤 한다. 만약 재빠른 것이 정말 불부족 사람이었다면 분명 그녀가 너무나 어려서 기억나지 않은 나이에 그들 사이에서 실종된 것이리라. 그렇지 않다면 그녀는 불부족을 두려워하지 않았을 것이다. 다른 쪽으로 생각해보자면, 그녀가 불부족이었지만 실종된 것은 아닐지도 모른다. 아마 그들의 근거지에서 한참 멀리 떨어진 야생의 숲에서 태어났을 것이다. 그녀의 아버지는 아마도 불부족을 이탈한 자였을 테고, 어머니는 내가 속한 이 무리의 사람이었을지도 모른다. 하지만 누가 무어라 말할 수 있겠는가? 이런 것들은 모두 내 생각 밖의 것이었고, 재빠른 것 역시 나보다 그런 것에 대해 잘 알지 못했다.

우리는 공포의 시절을 보냈다. 살아남은 대부분의 이들은 블루베리가 가득한 늪지 쪽으로 도망가 그 근처의 숲을 피난처로 삼았다. 하루 종일 불부족의 사냥꾼들은 그 숲을 뒤졌고 우리를 발견하는 대로 죽였다. 그것은 분명 치밀하게 실행된 계획이었을 것이다. 자신들의 영역이 가진 한계치보다 더 수가 증가한 불부족은 우리를 정복하기로 결정한 것이다. 아, 그 처참한 정복의 시간이여! 우리는 그들에게 대항할 기회도 없었다. 그것은 학살이었다. 무차별한 학살 말이다. 그들은 어린 것과 늙은 것을 가리지 않고 죽이면서 한 명도 살려두지 않았다. 그렇게 해서 효과적으로 그 땅에서 우리의 존재를 없애버렸다.

그것은 우리에게 세상의 끝이나 마찬가지였다. 우리는 마지막 피난처로 숲을 향해 도망쳐보았지만 한 가족 한 가족씩 포위당해 죽어나갔을 뿐이다. 그 시절 이런 장면들을 너무나 많이 목도했다. 게다가 나는 그런 것들이 보고 싶기도 했다. 재빠른 것과 나는 결코 한 나무에 오래 머물지 않았다. 그래서 포위당하는 것을 피할 수 있었다. 하지만 더 이상 갈 곳도 없어 보였다. 우리를 말살시키는 데 몰두한 불부족은 어느 곳에나 있었다. 가는 길마다 그들과 마주쳤는데 그 때문에 그들이 저지른 일을 수없이 보게 되었다.

내 어머니에게 무슨 일이 일어났는지는 알 수 없지만, 옛날부터 살던 그 나무 둥지에서 수다쟁이가 화살에 맞아 떨어지는 것을 보았다. 나쁜 일이긴 하지만 그 모습을 보면서 꽤 즐거웠던 나머지 나는 몸을 흔들어댔다. 이 부분에 대한 내 이야기를 마치기 전에 붉은 눈에 대해 꼭 이야기하고 싶다. 블루베리가 있는 늪지 아래 나무에서 그와 그의 아내가 붙잡혔다. 재빠른 것과 나는 도망을 치다가 그 광경을 보기 위해 먼 거리에서 멈춰 섰다. 불부족이 너무나 열심히 자신들의 일에 열중하고 있어 우리를 알아차리지 못했고, 게다가 우리는 수풀 속에 몸을 잘 숨기고 있었다.

스무 명은 충분히 될 듯한 불부족 사냥꾼들이 화살을 쏘아 올리며 나무 아래 모여 있었다. 화살이 땅으로 떨어지면 꼭 그것을 다시 주웠다. 붉은 눈은 보이지 않았다. 하지만 어딘가 나무 사이에서 악을 쓰고 있는 그의 목소리를 들을 수 있었다.

잠시 시간이 흐르자 그의 울부짖는 소리가 잦아들었다. 나무 몸통에 난 틈 속으로 그가 기어 들어갔음이 분명했다. 그러나 그의 아내까지 들어갈 수는 없었다. 화살에 맞아 그녀가 땅으로 떨어졌다. 도망치려 애쓰지 않았기에 그녀는 심하게 다쳤다. 아기를 보호하기 위해(아기는 어미에게 단단히 매달려 있었다) 몸을 구부리면서 그녀는 불부족 사냥꾼들을 향해 간청하는 몸짓과 소리를 내었다. 그들은 그녀 주위에 모이더니 비웃어댔다. 늘어진 귀와 나도 한 나무부족 노인을 비웃은 적이 있다. 우리가 그 노인을 잔가지와 막대기로 찔러댔듯이 불부족도 붉은 눈의 아내를 찔러댔다. 그들은 활의 끝으로 찔러대면서 그녀의 갈빗대를 쑤셨다. 그녀는 그저 불쌍한 노리개였다. 전혀 싸우려 하지 않았다. 게다가 그렇게 당하면서도 화를 내지 않았다. 그녀는 계속해서 아기 위로 몸을 구부린 채 그들을 향해 간청했다. 사냥꾼 중 한 명이 그녀에게 가까이 다가갔다. 손에는 몽둥이가 쥐여 있었다. 그것을 본 붉은 눈의 아내는 상황을 파악했지만 몽둥이에 맞을 때까지도 그 애원하는 소리만 냈다.

나무 틈 속에 숨어 있던 붉은 눈은 화살로부터 안전했다. 사냥꾼들은 함께 모여 잠시 의논하더니 한 명이 나무 위로 올라갔다. 나무 위에서 무슨 일이 일어났는지는 알 수 없지만 그 사냥꾼이 소리 지르는 것을 들었고, 아래에 남아 있던 이들이 흥분하는 것을 나는 보았다. 몇 분이 지나자 그 사냥꾼의 몸이 땅 아래로 쿵 하고 떨어졌다.

그는 움직이지 않았다. 밑에 남아 지켜보던 이들이 그의 고개를 들어보았으나 손을 놓자 고개는 힘없이 축 늘어져버렸다. 붉은 눈이 그를 죽였다.

사냥꾼들은 엄청 화가 났다. 땅 가까이에는 나무 몸통 안으로 난 구멍이 있었다. 그들은 나뭇가지와 풀을 모아 불을 지폈다. 수풀 속에서 재빠른 것과 나는 서로의 어깨에 팔을 두른 채 기다리면서 지켜보았다. 이따금 그들은 잎사귀가 많이 달린 푸른 가지를 불 속에 집어넣었는데 그러자 연기가 더욱 짙어졌다.

갑자기 그들이 나무에서 도망쳤다. 하지만 그렇게 빠르지는 못했다. 붉은 눈이 그들 한가운데로 몸을 날렸다. 긴 팔을 좌우로 휘두르며 맹렬히 돌진하던 그는 엄청나게 화가 나 있었다. 사냥꾼 중 한 명의 얼굴을 잡아당겨 뽑아냈다. 옹이투성이인 자신의 손가락과 엄청난 근육의 힘을 사용하여 말 그대로 그 사냥꾼의 얼굴을 뽑아버렸다. 다른 한 명은 목을 물었다. 격렬한 비명을 내지르며 뒤로 물러섰던 불부족 사람들은 다시 그에게 달려들었다. 붉은 눈은 몽둥이를 하나 움켜쥐고는 그들의 머리를 달걀껍데기인 양 부숴버렸다. 사냥꾼들에게 붉은 눈은 역부족이었다. 그들은 다시 뒤로 물러났다. 그러자 그에게 기회가 찾아왔다. 붉은 눈은 등을 돌리더니 몹시 노하여 큰 소리를 내지르며 도망쳤다. 몇 개의 화살이 그를 향해 날아갔지만 수풀 속으로 뛰어든 그는 그대로 사라져버렸다.

재빠른 것과 나도 조용히 기어서 도망쳤지만 다른 무리의 불부족 사람들과 마주쳤다. 그들은 블루베리가 있는 늪지까지 우리를 쫓아왔다. 하지만 우리는 그들이 땅으로는 따라올 수 없는 저 멀리 저습지를 가로질러 난 나무 길을 알았기에 그들로부터 도망칠 수 있었다. 우리는 반대편으로 나와서 숲 속으로 좁게 뻗은 땅으로 도망쳤는데 그 지역은 서쪽으로 뻗어 있는 거대한 늪지와 블루베리 늪지를 나누고 있었다. 여기서 우리는 늘어진 귀를 만났다. 만약 늘어진 귀가 동굴에서 전날 밤을 보냈다면 그렇게 도망칠 수는 없었으리라.

숲의 이 좁은 땅에서 우리는 나무 둥지를 짓고 정착했지만 불부족은 너무나 철저히 우리를 말살시켜나갔다. 오후가 되니 '털 얼굴'과 그의 아내가 동쪽의 숲에서 도망쳐 나와 우리를 지나쳐서는 사라져버렸다. 그들은 두려움이 가득한 얼굴로 재빠르고 조용히 도망쳤다. 그들이 도망쳐온 방향으로부터 사냥꾼들이 크게 외치는 소리와 더불어 우리 무리 중 한 명의 비명소리가 들려왔다. 불부족 사냥꾼들이 늪지를 가로지르는 길을 찾아낸 것이다.

나는 재빠른 것, 늘어진 귀와 함께 털 얼굴과 그의 아내의 뒤를 바로 따라갔다. 거대한 늪지의 가장자리에 이르렀을 때 우리는 멈춰 섰다. 그 늪지를 가로지르는 길을 알지 못했던 것이다. 거기는 우리 영토 밖에 있는 곳이었고 언제나 우리 무리가 피해왔던 곳이다. 아무도 늪지로 갔다가 돌아오지 못했다. 우

리 마음속에 그 늪지는 하나의 미스터리이자 두려움이며 무시
무시한 미지의 땅이었다. 내가 말했다시피 우리는 늪지의 가장
자리에 멈추고 말았다. 우리는 두려웠다. 불부족 사냥꾼들의
함성소리는 점점 더 가까워졌다. 우리는 서로를 바라보았다.
털 얼굴이 흔들거리고 있는 늪지로 뛰어들더니 11미터 정도 떨
어진 곳에 좀더 단단하게 발을 디딜 수 있으며 부근의 늪지보
다 높이 솟아 풀로 덮인 수림지대에 이르렀다. 그의 아내는 따
라가지 않았다. 따라가려 해보았지만 불안정한 늪지의 표면에
겁을 집어먹어 뒷걸음치더니 몸을 웅크렸다.

　재빠른 것은 나를 기다려주지 않았다. 더군다나 털 얼굴을
지나 90미터 정도 떨어진 곳에 더 큰 수림지대에 이를 때까지
멈춰 서지도 않았다. 늘어진 귀와 내가 그녀를 따라잡았을 때
불부족 사람들이 숲 사이에서 나타났다. 공포가 깃든 두려움

속에서 그들에게 쫓긴 털 얼굴의 아내는 우리 뒤를 따라 돌진해왔다. 하지만 조심하지 않은 채 무작정 뛰어왔기에 늪의 표면이 갈라지고 말았다. 우리가 방향을 돌려 바라보니 불부족 사냥꾼들이 진흙 속으로 빠져 들어가고 있는 그녀를 향해 화살을 쏘고 있었다. 화살은 또한 우리를 향해 날아오기 시작했다. 털 얼굴이 우리와 함께하게 되자 우리 넷은 어디로 갈지 알지도 못한 채 늪 안쪽으로 더 깊이깊이 뛰어 들어갔다.

18

거대한 늪지에서 방황한 일에 대한 정확한 기억이 내게는 없다. 기억해내려고 애를 써봐도, 서로 관련되지 않은 혼란스러운 기억들 틈에서 시간의 흐름조차 잡아낼 수가 없다. 얼마나 오랫동안 그 광대한 늪지에서 지냈는지는 모르겠지만 분명 여러 주 동안 그곳에 머물렀을 것이다. 그곳에서의 기억은 언제나 반드시 악몽과 같은 모습으로 다가온다. 헤아릴 수 없는 세월 동안 변화무쌍한 두려움에 억눌려, 끝없이 헤매면서 방황하던 내 모습을 기억한다. 그곳은 축축하게 물에 젖은 황무지였다. 독뱀들이 우리를 공격하고 동물들이 주위에서 울부짖었고 발밑으로는 진흙이 흔들거리면서 아래로 가라앉았다.

　개울과 호수, 진흙투성이의 바다 때문에 셀 수도 없이 방향을 바꾸어야 했던 것도 기억한다. 그러다 낮게 뻗어 있는 넓은 땅 위로 폭풍이 일면서 큰물이 일어났다. 이렇게 잠깐잠깐 홍수가 일어날 때마다 며칠을 나무에서 꼼짝 못하고 지내야 했고 비참함 속에서 허기진 생활을 해야 했다.

하나의 장면이 내게 강하게 각인되어 있다. 우리 주위에는 거대한 나무들이 있고 그 가지에는 회색빛 이끼가 실이 되어 엉켜 있는데, 기괴하게 생긴 독뱀 같은 거대한 파충류들이 나무 몸통을 휘감고는 서로 엉킨 채 허공 속에서 몸을 비틀고 있었다. 주위는 온통 거품을 내며 가스를 내보내는 부드러운 진흙투성이였고, 진흙 내부의 동요 때문에 불룩불룩거리면서 소리를 뻑뻑 내고 있었다. 그 모든 것 한가운데에 바로 열두 명 남짓 되는 우리가 있었다. 우리는 모두 비참하게 마른 상태였다. 팽팽하게 말라비틀어진 피부로 뼈가 비쳤다. 우리는 노래를 부르지도 떠들지도 웃지도 않았다. 장난을 치지도 않았다. 이번만큼은 우리의 쾌활하고 원기왕성한 기운이 절망적으로 가라앉았다. 가까이 무리를 지어 모인 우리는 구슬프게 성마른 소리를 내면서 서로를 쳐다보았다. 마치 세상의 종말이 지나간 뒤 살아남은 몇몇이 모인 것만 같았다.

이 기억은 늪지에서 일어난 다른 사건들과는 연관성이 없다. 어떻게 우리가 그 늪지를 건너갔는지는 모르겠지만, 우리는 마침내 강둑을 향해 낮게 뻗은 언덕이 있는 곳에 이르렀다. 거대한 늪지를 빠져나온 우리 앞에 나타난 그 강은 바로 우리의 강이었다. 언덕을 통과해 흐르는 강의 남쪽 둑에서 사암으로 이루어진 동굴들을 많이 발견했다. 그 너머 서쪽으로는 강어귀를 가로질러 놓인 모래톱 위로 바다의 파도가 굉음을 내며 울고 있었다. 여기 바다 옆 이 동굴에 우리는 정착했다.

우리 무리는 많지 않았다. 하루하루가 흐르자 이따금씩 더 많은 이들이 나타났다. 홀로, 둘이서 또는 셋이서 늪에서 빠져나와 질질 몸을 끌며 온 그들은 살았다기보다는 죽은 것과 같았다. 그저 걸어다니는 해골에 불과한 모습이었다. 그렇게 해서 서른 명의 무리가 모였다. 더 이상은 늪에서 빠져나온 이가 없었다. 붉은 눈도 오지 않았다. 당연히 그 무시무시한 여행을 통해 살아남은 아이는 한 명도 없었다.

바닷가에서 살았던 그 세월에 대해 자세히 이야기하지는 않겠다. 그곳은 살아가기에 행복한 곳이 아니었다. 대기는 으스스하고 쌀쌀했다. 그래서 우리는 기침과 감기를 달고 살았다. 그런 환경에서는 제대로 살아남을 수 없었다. 물론 우리도 아이를 낳았다. 하지만 새로운 아이들이 태어나는 속도보다 어른들이 더 빨리 죽어나갔고, 새로 태어난 아이들 역시 생명을 오래 부지 못한 채 일찍 죽어버렸다. 무리의 수는 계속해서 감소했다.

게다가 음식의 갑작스러운 변화도 좋지 않은 영향을 미쳤다. 우리는 야채와 과일은 거의 먹지 못한 채 생선을 먹게 되었다. 홍합과 전복, 대합과 바위굴 그리고 폭풍우 치는 날이면 해변으로 밀려오는 거대한 바닷게가 있었다. 또한 먹기에 좋은 몇 몇 종류의 해초도 발견했다. 그래도 음식의 변화는 위에 문제를 일으켜 우리 중 그 누구도 통통하게 살이 오르지 못했다. 모두 말라서는 소화불량에 걸린 모습이었다. 우리는 큰 전복을 따던 중에 늘어진 귀를 잃어버리게 되었다. 바다가 썰물일 때 큰 전복이 늘어진 귀의 손가락을 물고는 껍질을 닫아버렸다. 그런데 밀물이 밀려들어와 늘어진 귀를 삼켰다. 다음 날 우리는 그의 시체를 찾았다. 그것은 우리에게 교훈이 되었다. 그 이후로는 우리 중 누구도 전복이 껍질을 닫는 일로 인해 죽지는 않았다.

재빠른 것과 나는 남자 아이를 간신히 키울 수 있었다. 적어도 7, 8년은 그 아이를 키워나갈 수 있었다. 그러나 내가 분명

히 확신하건대 그런 끔찍한 기후에서 계속 살았다면 아이는 살아남지 못했을 것이다. 그러던 어느 날 불부족이 다시 나타났다. 그들은 강을 따라 내려왔다. 뗏목을 타고 온 것이 아니라 조잡하게 생긴 카누 같은 배를 타고 내려왔다. 세 명이 노를 젓고 있었는데 그중 한 명은 그 작고 쭈글쭈글한 늙은 사냥꾼이었다. 그들은 우리의 해변에 배를 대었고, 늙은 사냥꾼이 절룩거리며 모래를 가로질러 와서는 우리의 동굴을 살펴보았다.

　잠시 후에 그들은 사라졌다. 하지만 재빠른 것은 엄청나게 겁에 질렸다. 우리 모두가 겁에 질렸지만 그 누구도 재빠른 것만큼 무서워하지는 않았다. 그날 밤 그녀는 훌쩍이며 흐느끼더니 밤새 안절부절못했다. 아침이 되자 아이를 팔에 안고는 날카로운 비명소리와 손짓, 경고의 소리를 내면서 우리의 두 번째 긴 탈출을 시작하도록 나를 재촉했다. 동굴에 남아 있는 이들은 여덟 명이었다(무리에서 살아남은 유일한 이들이었다). 그들에게는 어떠한 희망도 없었다. 불부족 사람들이 돌아오지 않는다 해도, 의심할 여지없이 그들은 곧 소멸해버릴 것이었다. 바닷가 옆의 기후는 너무나 나빴다. 우리 무리는 해안에서 살기에 알맞은 체질이 아니었다.

우리는 남쪽으로 내려갔다. 여러 날 동안 거대한 늪지의 가장자리를 따라 이동했지만 감히 그 안으로 들어가지는 않았다. 한번은 서쪽으로 방향을 틀어 산맥을 넘어 해안으로 내려갔다. 하지만 그곳은 우리가 살 만한 곳이 아니었다. 나무는 한 그루도 없는 오로지 황량한 곳과 우렛소리를 내며 밀려와 부서지는 어마어마한 파도, 결코 멈추지 않고 계속해서 불 것만 같은 세찬 바람뿐이었다. 우리는 다시 왔던 길로 되돌아가 산맥을 가로질러 동남쪽으로 여행하다가 다시 거대한 늪지를 만났다.

곧 우리는 늪지의 남쪽 맨 끝에 도달했고 남동쪽 방향으로 계속해서 나아갔다. 그곳은 쾌적한 땅이었다. 대기는 따스했고 숲도 있었다. 더 앞으로 나아가 낮게 뻗은 구릉지대를 건너니 훨씬 더 좋은 숲이 있는 땅을 발견했다. 우리가 해안에서 멀어져 더 깊이 들어갈수록 기후는 더 따뜻해졌다. 그러다 재빠른 것의 눈에 익은 큰 강에 도달했다. 그곳은 분명 재빠른 것이 4년 동안 무리를 떠나 있을 때 찾았던 곳임에 틀림없었다. 통나무를 타고 그 강을 건넌 우리는 거대한 절벽이 있는 강변에 도착했다. 그 절벽 높은 곳에서 우리의 새 보금자리가 될 만한 곳을 발견했는데, 외부인들이 접근하기에 아주 어렵고 아래서 찾으려 해도 잘 보이지 않는 곳이었다.

이제 내 이야기에 대해 말해줄 것이 거의 없다. 이곳에서 살면서 재빠른 것과 나는 우리의 가족을 일구어나갔다. 그리고 이 부분에서 내 기억은 끝이 난다. 또다시 이주하지는 않았다. 접근이 불가능할 정도로 높이 솟아 있던 우리의 동굴 너머로는 꿈꿔본 적이 없다. 그리고 바로 이곳에서 내 꿈의 내용을 물려받은 아기가 태어났음이 분명하다. 내 삶 속에서 얻은 모든 기억들로 그 꿈은 빚어졌다. 아니다. 내 기억이 아니라 큰 이빨의 기억이다. 나의 다른 자아이기에 내 실제 자아가 아닌 그. 하지만 내게는 너무나 생생해 종종 나 자신이 어느 시대에 살고 있는지 분간할 수 없게 한 그 큰 이빨 말이다.

나는 종종 이 가계도에 대해 궁금해하고는 한다. 현대의 나는 논쟁의 여지가 없는 사람이다. 그러나 원시인인 나 큰 이빨은 사람이 아니다. 어딘가 이 가계도를 따라오다 이 두 개의 다른 영역이 내 이중의 인격과 연결된 것이다. 멸망하기 전 그 무리들은 인간이 되는 과정 중에 있었을까? 나와 내 후손들이 이 과정을 통해 연결되었을까? 아니면 내 후손 중 누군가가 불부족에게로 가서 그들 중 한 명이 된 건 아닐까? 아, 모르겠다. 그 과정에 대해 알 수 있는 방법이란 없다. 한 가지 확실한 점이 있는데, 그것은 바로 큰 이빨이 자신의 삶의 모든 기억을 후손 중 한 명의 대뇌 조직에 새겨놓았다는 것이고, 그 기억이 지워지지 않을 만큼 너무나 강하게 박혀 있어 여러 세대를 흐르는 동안 잊혀지지 않았다는 것이다.

내 이야기를 마치기 전에 꼭 해야 할 말이 있다. 이것은 내가 종종 꾸는 꿈인데 시간을 따져보면 내가 아무도 접근할 수 없는 그 높은 동굴에 사는 동안 일어난 실제 사건임이 분명하다. 동쪽을 향해 숲 속 깊은 곳을 헤맨 일을 기억한다. 거기서 나는 한 나무부족과 마주쳤다. 수풀 속에 몸을 웅크린 채 그들이 놀고 있는 것을 지켜보았다. 함께 모여 웃고 떠드는 가운데 위아래로 방방 뛰면서 귀에 거슬리는 화음을 내지르고 있었다.

갑자기 그들이 소리를 죽이더니 신나게 뛰놀던 것을 멈추었다. 두려움 속에 몸을 쭈그린 채 눈으로는 물러설 길을 초조하게 찾고 있었다. 바로 그때 붉은 눈이 그들 사이로 걸어 들어왔다. 그들은 붉은 눈을 피해 몸을 움츠렸다. 모두 겁에 질려 있었다. 하지만 붉은 눈은 그들을 공격하려 들지 않았다. 그도 그들 중 하나였던 것이다. 바로 그의 뒤를 따라서는 힘줄투성이의 굽은 다리를 가진 나무부족의 늙은 여자가 주먹으로 땅을 짚으며 걸어 들어왔다. 붉은 눈의 현재 아내였다. 붉은 눈은 원의 한가운데에 앉았다. 이 글을 쓰고 있는 지금도 얼굴을 찡그린 채 충혈된 눈으로 둥그렇게 서 있는 나무부족 사람들을 자세히 응시하던 그의 모습이 떠오른다. 그렇게 둘러보면서 붉은 눈은 괴물과 같은 다리를 구부리더니 옹이투성이의 발가락으

로 자신의 배를 긁어댔다. 그가 바로 격세유전의 소유자, 붉은
눈이었다.

옮긴이의 글

이 세상에 사는 사람 중 꿈을 꾸지 않는 사람이 어디 있을까? 게다가 그 꿈이 바로 높은 곳에서 떨어지는 꿈이라면? 어릴 적 떨어지는 꿈을 꾸고 깨어나면 발밑이 서늘한 것이 꿈이라는 게 정말 다행이라 생각될 정도로 무서웠던 기억이 있다. 여러분도 아마 한두 번은 그런 꿈을 꿔 본 적이 있을 것이다. 그런 꿈을 두고 어른들은 키가 크려고 꾸는 꿈이라 하신다. 이 책의 작가 잭 런던은? 여러분과 내 조상이 바로 나무에서 수없이 떨어져 본 적이 있는 삶을 살았기 때문이라고 설명한다. 나무에서 떨어지다니? 그럼 우리의 조상이 원숭이처럼 나무를 타고 다녔다는 이야기인가? 원숭이? 이 단어가 머릿속에 탁 떠오르는 순간 독자 여러분도 감을 잡았을 것이다. 잭 런던은 바로 진화론의 관점에서 우리의 조상에 관한 이야기를 풀어나간다.

1859년 찰스 다윈이『종의 기원』을 발표한 이래 진화론은 인간 존재의 기원을 설명하는 대표적인 이론으로 자리 잡았다. 세기의 격변기를 살며 변화무쌍한 인생체험을 한 작가 잭 런던(1876~1916)에게도 진화론의 관점으로 인간의 기원을 짚어보는 것은 무척 매력적인 발상의 전환이었으리라. 하나님이 아담과 하와를 창조했다는 기독교적 관점에서 벗어난 아담 이전의 세계. 그 세계를 잭 런던은 자신의 상상력으로 창조한 아담 이전의 인류조상, '큰 이빨'의 눈을 통해 담아내고 있다.

　　과학적 이론을 바탕으로 잭 런던의 상상력이 빚어낸 큰 이빨의 세계는 원시인류의 때라 지금 우리의 모습과는 무척 다르다. 언어도 없고, 일상적인 삶의 이기도 없는 그 시절, 우연의 연속 속에서 섬광처럼 찾아온 발견으로 그들은 인간에게 한 걸음 더 가까운 모습으로 진화한다. 자연의 지배자라기보다는 아직 자연의 미물에 지나지 않았기에 밤낮으로 생명의 위협을 느끼면서도, 공동체 생활을 통해 원시적이나마 사회성을 깨우쳐가는 동굴부족과 불부족, 나무부족의 이야기는 오늘날 사회의 어렴풋한 반영이다. 공동체를 이루는 가장 작은 단위인 가족의 모습, 친구와 나누는 우정, 이성을 향한 사랑, 적을 향한 적의도 모두 오늘날을 비추는 거울처럼 이 소설에 잘 담겨 있다.

　　물론『비포 아담』의 내용이 과학자들이 주장하는 진화론의 개념과 일치하는 것은 아니다. 이 소설은 100여 년 전에 이 세상에 등장했는데(1907년), 당시 잭 런던이 모을 수 있었던 진화론에 대한 증거는 오늘날에 비해 턱없이 빈약했을 것이다. 그래서 오늘날의 유인원과 비슷하게 진화단계의 인류의 모습을 묘사한다던지(과학자들에 따르면 인간이 유인원에서 진화한 것이 아니라, 인간과 유인원의 조상이 같다고 한다), 나무부족부터 동굴부족, 불부족 등 각각 다른 단계에 있던 이들을 한 시대에 놓는 등(각각의 단계는 훨씬 더 긴 시간 동안 진화했기에 겹칠 수가 없다고 한다), 오늘날의 진화론과는 정확하게 맞지 않는 부분도 이 책에서 찾아볼 수 있다.

그러나 과학적인 오류를 일일이 따지는 것이 이 책을 읽는 목적은 아니리라. 100여 년 전에 발표된 이 소설을 오늘날 다시 읽어보아도 소설이 가지는 신선한 상상력은 충분히 놀랍다. 책욕심이 많은 독자라면 이문열의 『들소』나 엘리자베스 마셜 토머스의 『세상의 모든 딸들』을 통해 먼 옛날 원시부족의 삶을 살펴보았을 것이다. 그런데 『비포 아담』은 우리가 생각하는 원시인보다 더 이전의 원시인을 주인공으로 삼고 있다. 주인공 큰 이빨은 사람이 되기 전 단계의 모습과 완전한 사람 사이에 존재했던 것이다. 인류의 새벽을 살고 있던 큰 이빨과 그의 세계를 그려내기 위해 잭 런던이 거침없이 발휘한 상상력은 영화 〈쥬라기 공원〉처럼 멀고도 먼 옛날의 모습을 현대에서 경험해보는 즐거움을 우리에게 마음껏 선사해준다.

그리 길지 않은 소설의 흐름 속에 자신이 생각하는 원시인류의 삶을 때로는 로드무비처럼, 때로는 달콤한 로맨스처럼, 그리고 때로는 목숨을 건 활극처럼 그려내는 잭 런던의 솜씨는 진화론을 믿는 독자든, 믿지 않는 독자든, 꿈이라는 통로를 통해 펼쳐지는 또 하나의 세계를 기꺼이 방문하고 경험하고 싶게끔 만들 것이다. 그 세계가 목숨을 위협할 정도로 무시무시한 공포로 가득 차 있다 하더라도 우리는 바닥에 부딪힘 없이 꿈에서 깨어나게 될 테니까 말이다.

이 책은 1907년 맥밀런 출판사에서 나온 *Before Adam*을 원본으로 번역되었다. 또한 1974년 뉴 잉글리시 라이브러리 시리즈판과 두세 권의 다른 판본들도 참조했다.

글을 마치기 전에 한 가지 독자 여러분에게 던지고 싶은 질문이 있다. 소설에 나오는 세 부족 중 오늘날 인간과 가장 비슷한 부족은 불부족이다. 진화론적 관점을 따라 적자생존의 원칙으로 바라본다면 살아남을 가능성이 더 큰 쪽도 불부족이다. 그런데 여러분도 알다시피 오늘날까지 살아남아 자신의 이야기를 전하는 사람은 동굴부족인 큰 이빨의 후손이다. 게다가 이 원시 세계에는 불과 언어를 가지고 있던 불부족이 무시무시한 파괴자의 역할을 자처하는 반면, 오히려 약자에 불과한 동굴부족 큰 이빨은 우리가 생각하는 사람의 자격은 부족해도 (가령 도구와 언어사용의 면에서), 그 행동은 훨씬 인간적으로 그려지고 있다. 불부족과 동굴부족 중 누가 더 인간적일까? 왜 잭 런던은 불부족 사람을 주인공으로 삼지 않고, 나무에서 살다가 동굴로 옮겨와 살던 큰 이빨을 주인공으로 삼았을까?

진정한 인간의 모습을 세계의 초창기를 통해 다시 생각하게 만드는 잭 런던이 선택한 꿈 이야기, 『비포 아담』. 다재다능한 이야기꾼 잭 런던이 들려주는 모험 가득한 꿈 이야기를 함께 경험해보길 바란다.

2009년 2월

이성은

1876년(1세)

1월 12일 캘리포니아 주 샌프란시스코에서 중산계급 출신의 플로라 웰먼의 사생아로 태어나다. 웰먼은 떠돌이 점성가인 윌리엄 체이니를 생부라고 주장하지만, 체이니는 임신 사실을 알고 그녀를 버리며, 런던이 자신의 아이임을 부인한다. 얼마 후 플로라 웰먼은 존 런던을 새 남편으로 맞아들인다.

1881년(5세)

가족이 앨러미다의 농장으로 이주하다.

1882년(6세)

앨러미다 웨스트엔드 초등학교에 들어가다.

1885년(9세)

리버모어 밸리로 이주한 뒤, 위다의 『시냐(Signa)』와 어빙의 『알람브라 이야기(Tales of Alhambra)』를 읽으며 독서의 세계에 빠지다.

1886년(10세)

오클랜드로 이주하여 신문배달 등 중노동을 하며 가계를 돕다. 오클랜드 공공 도서관에서 만난 사서 이나 쿨브리스의 도움으로 열심히 책을 읽기 시작하다.

1887년(11세)

웨스트 오클랜드의 오클랜드 콜 문법학교에 등록하다.

1890년(14세)

학업을 중단하고, 한 시간에 10센트를 받는 연어 통조림 공장에서 일하다.

1891년(15세)	유모 제니 프렌티스에게서 300달러를 빌려 작은 배 '래즐대즐' 호를 사다. 샌프란시스코 만에서 굴 양식장을 터는 해적질을 하다.
1892년(16세)	해적단의 동태를 살피는 '캘리포니아 해안 순찰대'의 일원이 되다.
1893년(17세)	바다표범잡이 배, 소피 서덜랜드 호의 선원이 되어 7개월 동안 하와이, 일본, 베링 해 등의 수역을 항해하다. 《샌프란시스코 모닝콜》에 현상응모한 『일본 해안의 태풍(Story of a Typhoon off the Coast of Japan)』이 당선되어, '묘사가 가장 탁월한 작품'이라는 평을 들으며 상금으로 25달러를 받다.
1894년(18세)	실업자 집단인 '켈리 장군의 군단'에 들어가다. 실업 문제에 항의하기 위해 들고 일어난 제이콥 콕시의 '산업 역군 부대'에 합류하고자 워싱턴으로 행진하다. 이후 미국과 캐나다를 떠돌다 부랑죄로 이리 카운티 교정소에서 30일 동안 중노동을 한다. 이때의 경험을 바탕으로 10여 년 뒤 『길(The Road)』을 펴내다.
1895년(19세)	오클랜드 고등학교에 들어가 4년 과정을 18개월 만에 끝마치다. 토론 모임인 헨리 클레이 클럽에 가입하여 상류사회를 처음으로 접하며, 상류계급 여성 메이블 애플가스와 사랑에 빠지다. 허먼 짐 휘태이커와 친구가 되고, 그에게서 권투와 펜싱을 배우다.
1896년(20세)	사회노동당에 가입하다. 대학입학시험에 몰입해, 가을학기부터 버클리 대학에 다니다. 집안 사정으로 한 학기 만

에 학업을 포기하다.

1897년(21세)

사회주의자로서 오클랜드 교육위원회에 입후보하다. 알래스카를 여행하며 돈을 모으기 위해 매형과 함께 클론다이크 골드러시 대열에 합류하다.

1898년(22세)

돈 한 푼 없이 오클랜드로 돌아오다. 의붓아버지가 죽자, 어머니와 살아가기 위해 글을 쓰면서 독학하기로 결심하다. 직업으로서 글쓰기를 시작하면서 자신의 집필능력을 발전시키기 위해 노력하다.

1899년(23세)

《오버랜드 먼슬리》에 『황야에 선 남자(To the Man on Trail)』를 발표하다. 출판사로부터 수백 번 퇴짜를 맞았지만 에세이와 시, 소설 등을 계속 써나가다.

1900년(24세)

베시 매던과 결혼하다. 그와 동시에 차미언 키트리지를 만나다. 클론다이크의 이야기를 모은 첫 책 『늑대의 아들(The Son of the Wolf)』을 펴내다.

1901년(25세)

딸 조안이 태어나다. 오클랜드 사회노동당 시장 후보로 나서지만 낙마하다.

1902년(26세)

영국 런던의 이스트엔드 슬럼가에서 6주간 하층민의 삶을 체험하고서 『밑바닥 사람들(The People of the Abyss)』을 쓰다. 딸 베스가 태어나다. 런던의 첫 소설인 『눈의 딸(The Daughter of the Snows)』을 비롯해 『대즐러의 항해(The Cruise of the Dazzler)』와 『혹한의 아이들(Children of the Frost)』이 출간되다. 『야성이 부르는 소리(The Call for the Wild)』를 쓰기 시작하다.

1903년(27세)	차미언 키트리지와 사랑에 빠져, 아내 베시와 헤어지다. 글렌엘런을 처음 방문하다. 『야성이 부르는 소리』를 《새터데이 이브닝 포스트》에 보내 큰 인기를 얻다. 『밑바닥 사람들』과 『켐프튼 웨이스 서한집(The Kempton-Wace Letters)』이 출간되다.
1904년(28세)	허스트 신문 신디케이트 소속 러일전쟁 특파원으로 일본과 조선을 방문하다. 조선에서는 YMCA의 초청으로 『야성이 부르는 소리』 낭독회를 가지다. 이를 바탕으로 조선에 대한 많은 글을 기고하고 『잭 런던의 조선사람 엿보기』를 쓰다. 아내 베시가 이혼 소송을 하다. 『바다의 이리(The Sea Wolf)』와 『남자들의 신념(The Faith of Men)』을 출간하다.
1905년(29세)	'아름다운 농장'을 구상하며 글렌엘런 근처의 땅을 사들이다. 오클랜드 사회당 시장 후보에 다시 나서나 역시 당선되지 못하다. 동부와 중서부 대학을 돌아다니며 사회주의 관련 강연을 하다. 베시와 끝내 이혼하고 차미언과 결혼하다. 『계급투쟁(War of the Classes)』, 『경기(The Game)』, 『해안 순찰대 이야기(Tales of the Fish Patrol)』를 출간하다.
1906년(30세)	예일 대학, 카네기 홀 등을 돌며 다시 강연을 시작하나 몸이 아파 중단하다. '스나크' 호를 만들기 위해 배제작자와 계약하다. 『늑대개(White Fang)』, 『달빛 얼굴과 그 밖의 이야기들(Moon-Face and Other Stories)』, 희곡 『여성들의 냉소(The Scorn of Women)』를 출간하다.
1907년(31세)	오클랜드에서 본인이 직접 설계한 최고급 요트인 스나크

호를 띄워 하와이 섬과 타히티 섬 등을 향해 세계 여행을 떠나다. 『비포 아담(Before Adam)』, 『삶을 향한 사랑과 그 밖의 이야기들(Love of Life and Other Stories)』, 『길』을 출간하다.

1908년(32세)

남태평양을 항해하다 건강 문제로 호주에서 치료를 받고, 여행을 그만두다. 『강철군화(The Iron Heel)』를 출간하다.

1909년(33세)

호주 시드니에서 치료를 받다, 오클랜드로 돌아오다. 『마틴 이든(Martin Eden)』을 출간하다.

1910년(34세)

울프 하우스를 짓기 시작하다. 이복여동생 엘리자 셰퍼드를 농장 관리자로 삼다. 아내 차미언이 첫딸을 낳았으나 서른여섯 시간 만에 죽다. 『버닝 데이라이트(Burning Day light)』, 『잃어버린 얼굴(Lost Face)』, 『혁명과 그 밖의 에세이들(Revolution and Other Essays)』, 『도둑질: 4막 연극(Theft: A Play in Four Acts)』을 출간하다.

1911년(35세)

울프 하우스를 계속 짓고, K&F 와이너리를 사들이다. 『스나크 호의 항해(The Cruise of the Snark)』, 『모험(Adventure)』, 『남양 이야기(South Sea Tales)』, 『신이 웃을 때와 그 밖의 이야기들(When God Laughs and Other Stories)』을 출간하다.

1912년(36세)

'디리고' 호를 타고 발티모어에서 케이프 혼을 거쳐 시애틀까지 항해하다. 아내 차미언이 유산하면서 더 이상 아이를 갖지 못한다는 소식을 듣다. 『태양의 아들(A Son of the Sun)』, 『스모크 벨로(Smoke Bellew)』를 출간하다.

1913년(37세)	신장이 안 좋다는 진단을 받다. 누군가의 방화로 울프하우스가 불에 타버리다. 로머 호를 타고 새크라멘토와 산 호아킨 강 삼각주를 항해하다. 『존 발리콘(John Barleycorn)』, 『달의 계곡(The Valley of the Moon)』, 『나락의 짐승(The Abysmal Brute)』을 출간하다.
1914년(38세)	멕시코혁명을 기록하기 위해 미군 수송대와 베라크루즈로 떠나지만, 병을 얻어 글렌엘런으로 돌아오다. 『강자의 힘(The Strength of the Strong)』, 『엘시노어 폭동(The Mutiny of the Elsinore)』을 출간하다.
1915년(39세)	류머티즘을 심하게 앓다. 요양차 하와이에서 5개월을 지내다. 『표류하는 영혼(The Star Rover)』, 『새빨간 돌림병(The Scarlet Plague)』을 출간하다.
1916년(40세)	사회당을 탈당하다. 『도토리재배자(The Acorn-Planer)』, 『대저택에 사는 작은 아씨(The Little Lady of the Big House)』 등을 출간하다. 류머티즘과 요독증을 계속 앓다. 불면증에 시달리다 11월 22일에 세상을 떠나다. 런던의 죽음에 관해서는 지병으로 숨을 거둔 것으로 발표되나, 약물 중독으로 인한 자살이라는 설도 있다.
1917년	『인간의 표류(The Human Drift)』가 출간되다.
1963년	미완성 작품 『암살주식회사(The Assassination Bureau)』를 추리소설가 로버트 L. 피시가 완성해 출간하다.

~

잭 런던 걸작선을 펴내며

~

19세기 말과 20세기 초, 미국 문학의 중심에 서 있던 인물 잭 런던. 최하층 노동자에서 미국 내 가장 많은 돈을 번 작가가 된 그에게는 언제나 상반된 수식어가 따라다녔다. 미국 최고의 사회주의 작가이자 대중에 영합하는 통속소설가, 낭만적 이상주의자이자 과학적 사실주의자, 과격한 선동가이자 온정적 연민가, 노동자들의 친구이자 자본주의 정신의 표상, 시대의 희생자이자 스스로 만든 늪에 빠진 도피자 등등. 한마디로 그는 복잡하면서도 모순에 찬 사람이었다.

그러나 마흔이라는 길지 않은 삶을 사는 동안 그가 한결같이 간직한 것이 있었다. 바로 삶에 대한 열정이었다. 런던은 자신을 짓누르는 억압된 상황을 끊임없이 박차고 나가 모험의 길에 들어섰고, 그 길에서 무엇이든 배우고자 애썼다. 죽은 듯 영구히 사는 별이 되느니 순식간에 화려하게 타올랐다 사라지는 유성이 되고자 했던 작가였기에 그가 남긴 많은 작품들이 오늘날의 우리에게도 더없이 많은 생각거리를 안겨준다.

19세기 말은 미국으로서 초기 자본주의의 모순이 적나라하게 드러나던 격동기였다. 독과점으로 치닫는 자본가들은 점점 더 많은 부를 축적해갔지만, 노동자들은 저임금과 빈곤에 시달려야 했다. 이에 불황까지 덮쳐 많은 은행과 기업이 파산했고 실업이 만연했다. 노동자들의 파업과 농민들의 저항이 줄을 잇고 수백만 민중이 굶주림으로 고통 받는 상황에서도 미국 정부는 아랑곳하지 않았다. 이런 격동기에 특별한 기술도 없이 닥치는 대로 일하던 잭 런던이 가장 먼저 터득한 것은 살아남기였다.

그의 눈에 보이는 세상은 힘의 논리가 지배하는 생존투쟁의 전장이었다. 그는 피 튀기는 그곳에서 살아남는 방법을 튼튼한 육체와 강인한 정신력에서 찾았고, 그런 생각은 자연스레 다윈의 적자생존, 스펜서의 사회진화론, 니체의 초인사상으로 이어졌다. 야성의 법칙이 난무하는 알래스카에서 겪은 극한의 체험 역시 자신의 생각들을 더욱 확신하게 하는 계기가 되었다. 그래서일까? 그의 작품 속 주인공은 대개가 불굴의 의지를 가진 강인한 인물이다.

19편의 장편소설을 비롯해, 단편소설, 논픽션 등 수백 편에 이를 만큼 많은 작품들이 전부 뛰어날 수는 없지만, 자신의 다양한 경험을 글로 형상화했다는 점은 그만이 누릴 수 있는 문학적 성과로 남아 있다. 그는 자신이 직접 보고 듣고 체험한 세계에 상상력을 가미하여 구수한 입담으로 이야기를 풀어낸 작가이다. 그렇기에 작품 속에는 언제나 생동감이 흘러넘치며, 그 특유의 기지 넘치는 입담과 더불어 미국뿐 아니라 전 세계 대중들에게 많은 사랑을 받고 있다.

런던의 동료 작가였던 업턴 싱클레어는 그를 두고 "적응과 순응을 강요하는 미국의 문화 풍속"이 낳은 희생자라고 했다. 현실에 대한 폭넓고 날카로운 관찰과 그 이면의 모순까지 통찰한 1세기 전 작가는 어찌 보면 시대가 낳은 비극이기도 하다. 자신의 작품만큼 열정적인 삶을 살다 간 잭 런던, 오늘날 우리가 처한 시대의 현실과 모순을 직시하기에 그만큼 알맞은 작가도 없지 않을까.

〈잭 런던 걸작선〉에는 방대한 그의 작품 중 오늘의 현실을 되비추는 날카로운 통찰력이 담긴 작품들이 선별되었다. 이미 국내에도 잘 알려진 작품들이 있는가 하면, 국내 초역으로 그동안 접할 수 없었던 숨겨진 명작들도 있다. 런던이 살았던 100년 전 약육강식의 세상은 오늘날과 그리 다르지 않다. 단지 고도 자본주의라는 이름하에 좀더 세련된 모습만 보일 뿐 더 잔인하고 혹독해졌다. 그래서 그가 작품 속에 담았던 초기 자본주의의 야생은 시간이 지날수록 더 생생하게 다가온다.

자본주의 정글에서 강자가 되려던 남자. 그 치열한 삶의 순간순간을 피 흘리며 글로 써내려간 그의 작품들이 오늘의 우리에게 말하는 메시지는 여러 함의로 읽힐 수 있다. 그것이 쾌락이든 욕망이든 반성이든 성찰이든 한국의 독자들 역시 한 위대한 이야기꾼이 풀어내는 이야기에서 우리의 자화상을 만날 수 있으리라 생각한다. 그러한 바람으로 100년 전 잭 런던이 던졌던 불길한 예언이 점점 실현되어가는 우울한 현실을 감당해야 하는 우리 독자들에게 이 걸작선을 바친다.

책임기획

곽영미

비포 아담

1판 1쇄 찍음 2009년 3월 2일
1판 1쇄 펴냄 2009년 3월 6일

지은이 잭 런던
옮긴이 이성은

주간 김현숙
편집 변효현, 김주희
디자인 이현정, 전미혜
영업 백국현, 도진호
관리 김옥연

펴낸곳 궁리출판
펴낸이 이갑수

등록 1999. 3. 29. 제300-2004-162호
주소 110-043 서울시 종로구 통인동 31-4 우남빌딩 2층
전화 02-734-6591~3
팩스 02-734-6554
E-mail kungree@chol.com
홈페이지 www.kungree.com

ISBN 978-89-5820-151-9   03840
ISBN 978-89-5820-150-2   03840(세트)

값 9,800원